이름만 이쁘면 머한다묘

이름만 이쁘면 머한다요

이대흠 산문집

문학동네

책머리에

오랜 서울생활을 청산하고 십여 년 전 전라도로 이주했을 때, 나에게는 몇 가지 바람이 있었다. 첫째로 늙으신 부모님들 곁에 살고 싶다는 것. 두번째는 광주민주화운동의 성지인 광주의 곳곳을 내 발로 디뎌보고 싶다는 것. 그리고 마지막으로 사라져가는 전라도 방언을 내 귀로 듣고 새기겠다는 것이었다.

이 책은 그 세번째와 관련이 깊다. 아픔이 많은 전라도 땅에 살면서 개인적으로도 많은 아픔을 겪었지만, 나는 민중들의 삶을 엿보며 스스로를 위무할 수 있었고, 새로운 방언을 만나기라도 하는 날에는 금맥을 발견한 듯 하루 종일 들뜨기도 하였다. 또한 민중들의 삶에서 많은 가르침을 받기도 하였다.

십여 년이 걸렸다. 그 동안의 나의 외출 결과가 바로 이것이다. 이 책에 등장하는 많은 분들의 나이는 내가 만났을 당시의 나이라서 지금의 나이와는 다르다. 또 어떤 분들은 유명을 달리하기도 하였을 것이다. 그분들의 명복을 빈다.

　우연한 만남으로 따뜻한 시간을 만들어준 많은 분들에게 고마움을 표한다. 부득이하게 이 책에 실린 사진은 내가 만났던 분들과는 다르다. 형편없는 사진 솜씨와 카메라의 한계 때문에 직접 찍은 사진을 실을 수 없었음을 밝힌다. 초라한 원고의 사진작업을 도와준 이병률 형의 손길이 느껴진다. 좋거나 나쁘거나 나를 아는 모든 인연들에게 큰절 올리고 싶다.

2007년 9월 연꽃 좋은 날
이대흠

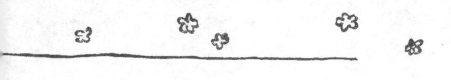

차례

제2부 수동떡집 사람들

제3부 말으 샛팍에 서서

제1부 거그 배꽃 좋다

"와마! 이름이 겁나 이삐구마이. 무다라 숭겠소?" 나는 따지듯 묻는다.
"이름만 이뻐먼 머한다요" 하고는 한숨을 푹— 내쉰다.
순간 김한네 할머니의 눈에 눈물이 비친다.
팔십 년 다 되게 이 땅에서 살아온 그분의 내력이 오죽하랴!
"이름만 이뻐먼 머한다요."
내 머릿속에서는 그 말이 뱅뱅 돈다.

그 집 물색이라 낫낫하니 좋구마이

일흔셋인 대치 아제와 일흔하나인 대치 아짐이 마당에 마주 앉아 풋보리를 다듬고 있다. 낼모레가 보름이라 김치 넣어 국이라도 끓이려고 그런다. 슬하에 사남 오녀, 구남매를 두었지만 모두 저금(딴살림)내고, 집에는 내우(내외)만 산다.

작년에 여운(여읜) 막둥이가 그새 아이를 낳아서, 이제는 원도 없고 여한도 없다.

"이녁 보리밭 있응께, 비갖고 왔제."

그러면서 마주 앉아 보리하고 시금치를 다듬는데, 내외간에 손질하고 있는 것은 풋나물이 아니라 평생을 이어온 금실인 것 같다.

몇 마디 말을 붙이면서 이웃에 살았던 유남댁 조카라고 하였더니, "유남떡 조가여라우? 글먼 어서 왔으까?" 한다.

"쩌그 장동 만손리서 왔어요" 했더니, "그래라이이 — 그 집도 자석이 겁나 많지라이?" 묻는다.

"팔남매요" 했더니 자신만만한 웃음을 지으면서, "우리보다는 적구마" 한다.

"유남떡하고 나하고 사이가 징하게 좋아갖고, 언제는 노래할라(까지) 보내주드랑께. 인쇄해갖고. 거시기 그것이 문 노래요? 갈 때게는 (때에는) 우짜고 함서 올 날이 우짜고 한 노랜디, 카만 있어봐라, 거시기……"

"문 연애편지를 주고받는 몬냥이요이."

"하하. 글제, 연애펜지제이잉—"

웃음소리가 풋보리보다 싱그럽다.

"데차나(과연) 그 집 물색임마. 낫낫하니 징하게 좋구마이!"

마당에 들어온 지가 상당히 되었는데, 아직도 개는 짖고 있다.

"카만이 좀 있어봐야."

괜히 짖던 개가 지천을 듣는다. 그런데 개가 한 마리만 있는 것이 아니다. 소마구(외양간)로 썼을 법한 곳에는 여러 마리의 개들이 눈을 말똥말똥 굴리고 있다.

"머슬 징상나게(굉장히) 많이 지르요이" 했더니,

"그것만 있다아? 퇴끼 잔(좀) 볼라요?"

퇴껭이막(토끼장)을 열어 보인다. 데차나 무슨 토끼들이 열 마리가 넘어 보인다. 개고 토끼고 간에 이 집에서는 기본으로 열 마리쯤 된다.

"심심해서 지르요."

하기야 열이 다 되는 자식을 기른 분들이니, 짐승이라도 없으면 병이 날 것이다.

"머슬 조깐(조금) 디레사 쓰까?"

말릴 틈도 없이 물레(툇마루)로 오른 대치 아짐이 한 바구니나 되는 귤을 꺼내온다. 무언가를 하나 내밀어도 야냑시럽지(인색하지) 않게 내는 것을 손이 크다고 한다. 자식이나 짐승이나 채소나 그 무엇이든 잘 키워내는 아짐니들을 보면 집에 온 손님을 빈손으로 돌려보내는 일이 없다. 맹물이라도 내 집 것을 먹여야 직성이 풀리는 것이다.

쑥을 다듬는 대치 아제의 손놀림을 보니, 오래 전부터 아짐의 일을 도와주며 살아온 표가 난다. 무단히(괜히) 좋은 분위기를 깨버린 것이 아닐까. 꺼내온 귤을 까먹으며 이야기를 나눈다.

"글면 아짐니는 대치란 디서 시집외겠소?"

"아니, 한치서 둘이 와갖고, 대치떡이락 해부렀다."

한치라는 마을에서 시집온 사람이 둘이라서, 둘 다 한치떡이라고 할 수 없어서, 택호가 마을 이름과는 달라졌다는 말이다.

더 앉아 있으면 내외간의 다정한 분위기를 망치기만 할 것 같아서 대문을 나선다.

"거그 조깐 있어보씨요이."

아짐이 나를 불러세운다.

"머슬 조깐 디레사 쓰까? 이바지할 것도 없네이."

나에게 무엇인가를 주고 싶어 애가 터진 듯한 표정이다. 그냥 나오면

서운해할 것 같아서 기왕에 다듬고 있던 풋보리를 가리키며 "글먼, 고 보리나 한 주먹 담어주씨요" 했더니, "그랍시다" 하면서 비닐포대에 풋보리를 담는데, 한 주먹이 아니라 한 가마니는 될 것 같다.

"귤도 조깐 갖고 감서 까묵으씨요."

"아니, 되얐소, 되얐어. 귤 같은 것이사 도시서도 많앙께."

"그라긴 하제이."

이바지를 받았더니, 나도 조금 서운하다. 이럴 줄 알았으면 소주라도 몇 병 사올 것을…… 입맛만 다시며 차에 오르는데, 대치 아짐이 그때 까지도 대문 밖에 서 있다. 펭야 멀리서 온 자식 보내며 아쉬워하는 그런 어머니의 모습이다. 차 안에 실린 풋보리 내음이 겁나 좋은 봄이다.

이름만 이쁘면 뭐한다요

"와마, 징상나게 덥네이."

배추를 파는 아주머니는 윗도리 단추를 세 개나 벌려놔서 거시기가 보이려고 한다.

"조 집서넌 한 뎅이에 이천원썩 하듬마넌, 이 집언 우째서 삼천원얼 받으까?"

"물겐이 틀리요안(틀리지 않소)."

"머시 그래. 펭야(어차피) 똑같구마는."

"글먼 그 집서 사면 되 꺼 아니요?"

"그라지 말고, 이천원에 요거 한 뎅이 줘오오ㅡ"

"그라고넌 안 되제이."

"그라면 나도 갈람마."

"에말이요(여보시오). 이리 오씨요. 오백원만 더 엉거주씨요."

"안 산당께."

"물겐얼 봐보씨요마넌. 나가 이거 요라고 풀먼 밑진당께."

배추를 파는 아주머니의 손은 배추 한 덩이를 비닐에 담고 있고, 안 산다는 아주머니도 쭈뼛거리면서 돈을 꺼낸다. 좁은 시장통을 오가는 차들 때문에 배추를 받다가 엉덩이를 길가로 붙이기를 몇 번, 포로시 (겨우) 거래는 성사된다.

"송신나게(정신 나갈 것처럼) 차덜이 많네이."

이쪽에는 야채를 파는 사람들이 많고, 저쪽에는 갈치며 고등어며 갯것들이 많다. 그리고 '목포 앞바다에서 금방 잡아올린, 눈이 탱글탱글 한 목포 먹갈치'도 와 있다.

사진을 찍을까 하다가, 배가 너무 고파서 사진 찍기도 싫다. 에라 밥 이나 먹고 와서 촬영을 하자, 하고는 단골 식당으로 간다.

식당에 들어서니 방 안에 세 명의 할머니들이 앉아 있다. "뭇 하요?" 하니, "노요" 그란다.

"오늘언 우쩨 화토 안 치요이. 화토 치면 잡어갈라고 왔는디……"

"와마, 우리 같은 늙은이럴 잡어가서 무에 쓸라고?"

"아, 시집보낼라고 그라제이."

"아니참언(거짓말도 참)…… 참말로 잡어가락 허시요, 허이고."

한숨이 먼저 나온다.

담양 장터에서 가까운 진미식당은 일종의 사랑방이다. 음식도 깨끗 하고, 자못 맛이 있다. 여기저기 싸돌아다니다가, 밥때를 넘겨 오게 되는 곳이다. 올 때마다 몇몇 할머니들이 화투 치는 것을 봤다. 저번에 왔을 때에도 화투를 치고 있기에 "오메, 도박얼 함마이. 다 잡어가부러사 쓰겄네이" 했더니, "우덜 잡어갈 심 있으면, 차왈로(정말로) 화토벵 걸린 것들이나 잡어가락 허씨요" 하는 지청구가 돌아왔다.

"그나저나 우째 화토 안 친다아?"

"돈이 읇소."

"돈 조간 디리까?"

내가 돈 꺼내는 시늉을 했더니, 죽는다고 웃음서 이천원만 달라고 손을 내민다.

"그나저나 장 보러 외겠소?"

"야."

문 앞에 앉아 있던 정봉김 할머니가 대답을 한다. 그때 안쪽에 앉아 있던 박말재 할머니가 자리에서 일어선다.

"무다라 인나요?"

"차 시간이 다 돼놔서……"

들고 일어난 보따리가 개풋해(가뿟해) 보인다.

"무슬 사겠소?"

"펭야. 소금허고 바늘허고……"

"어서 외겠소?"

"나는 겁나 멀어."

"어디서 외겠는디요?"

"쩌그 순창."

"순창, 어디요?"

"복흥리."

"아, 거그요?"

"아요?"

"예."

"무슬 알어? 기냥 안대끼(아는 것처럼) 헌 거제."

"아요. 거그 가면 정자낭구도 있고 안 그라요. 이라고 돌아댕깅께넌 안 가본 디가 읎소. 그나저나 성함언 어뚷게 되시오?"

"머덜라고 이름얼 다 물어보고 그라까이."

그런 틈에 밥이 나온다. 가지 무쳐논 것이 맛나다. 달롱개(달래)를 장에 잰 것도 개미(독특한 맛)가 있다. 나는 서둘러 식사를 마친다. 그 틈에 박말재 할머니는 자리를 떴다. 나는 김쌍둥이 할머니한테 말을 붙인다.

"쌍둥이 자매가 있어서 고라고 이름얼 지셨을까요?" 하는데, 식당 주인이 "아니여!" 그란다.

"무시 아니어라우?"

"이름이 고것이 아니랑께."

"그라면 머다요?"

"아니여."

나는 말문이 막힌다. 그러고 나서 한참을 설득한 뒤에야 이름을 말해

준다. '김쌍둥이' 가 아니라, '김한네' 라고.

"와마! 이름이 겁나 이삐구마이. 무다라 숭겠소?"

나는 따지듯 묻는다.

"이름만 이삐면 머한다요" 하고는 한숨을 푹— 내쉰다. 순간 김한네 할머니의 눈에 눈물이 비친다. 나는 더 말하는 것을 멈춘다. 팔십 년 다 되게 이 땅에서 살아온 그분의 내력이 오죽하랴!

"이름만 이삐면 머한다요."

내 머릿속에서는 그 말이 뱅뱅 돈다.

만둘잉가 싯잉가에 막내를 났어

영광 염산에는 염전이 많다. 경지정리가 된 논처럼 길게 펼쳐진 소금밭. 햇살은 소금 내리는 일에 바쁘고, 들과 산을 향해 "언능 욜로 나와봐야" 꽃 불러내기에 바쁘다. 모내기가 한창인 들녘에서는 트랙터며 경운기 소리가 텅텅텅 천공을 친다.

염산을 지나 향화도 가는 길. 불과 몇십 년 전에는 섬이었을 향화도는 이름만 섬으로 남고 이미 반도가 되어 있다. 절강에 우거진 갈대는 아직도 짭짤한 물을 짜박짜박 디디며, 물새들과 놀고 있다. 물새는 물새대로 갈대의 발치를 콕콕 쪼며, 뿌리 아래 숨은 새순을 부르고 있는 듯하다.

'향화도'라는 표지판을 보고 들어서서 바닷가 길을 뺑 둘러보니, 무화과나무가 벨라도(유난히) 많이 보인다. 무화과와 토란 있는 곳이라면 어디든 남도 아니랴. 몇 번이나 차를 세우고 갯내음에 빠져본다. 철썩

퍽퍽 여에 부딪히는 파도 소리. 파도의 혀가 휘감을 때마다 여는 더욱 댕댕히 발기한다. 뱃고동 소리도 없이 배 한 척이 물살을 가르며 멀리 떠나간다. 마을 입구에서 노부부가 그물을 수선하고 있다. 손이 너무 빨라서 눈이 따라갈 수 없다. 그물 길이는 족히 이십 미터쯤 되어 보이는데, 여러 군데가 찢어져 있다.

"그물 고치는 거라요?"

말을 건네자, 안경을 쓴 할아버지가 멀뚱하니 바라본다. 고희는 넘긴 것 같다. 그의 이마에 팬 주름은 파도의 굴곡을 닮아 있다. 땀에 젖은 얼굴에서 파도 소리가 나는 듯하다. 할아버지는 대답이 없고, 저만치 앉아서 일을 하고 있던 할머니가 "야" 하고 대답을 한다.

날쌘 할아버지의 손은 제비가 물을 찰 때처럼 빠르다. 눈 깜짝할 사이에 허방이었던 곳에 그물이 자라난다. 바둑판처럼 정사각형의 그물눈들이 또렷또렷 눈을 뜬다.

"징하게 빨라부네요이."

내가 먼저 입을 열자, 할아버지가 빙긋 웃으면서 "이것이 빨라요?" 대꾸를 한다. "손끝이 안 뵈어부네요" 했더니, 떨어져 있던 할머니가 뽀짝 당겨앉으며 "기술자라 글제" 대답을 한다.

"연세는 엄마나 되셨어요?"

나이 드신 분들을 만날 때면, 나는 되도록 그 지방의 사투리를 쓰려고 한다. 그래야 그쪽에서도 아무런 경계 없이 생활어로 말을 하기 때문이다. 할아버지를 향해 물었는데, 대답은 할머니가 한다.

"쩌것은 뱀띠."

할아버지를 가리키며 '쩌것'이라고 하는 할머니의 말에 미소가 지어진다. 표정을 보니 단순하게 물건 취급을 하는 것 같지는 않은데, 왜 '쩌것'이라고 했을까. 오래 그 의미를 새겨본다. 나이를 물었을 때, 대체로 띠로 대답을 하는 것은 우리네의 말법이다. 십중팔구는 갑자생이니 경축생이니 하는 말로 대답을 하는데, 가끔은 계산이 안 설 때도 있다.

"글먼 일흔……?"

나는 말끝을 흐린다. 일흔다섯으로 보이기는 하지만 실수를 할까봐서 "일흔……?" 하고 있는 것이다.

"글제. 일은다섯." 할머니가 싸게(빨리) 말을 받는다.

"두 분이 직접 뱃일을 하시는 거예요?"

그러자 단호하게 고개를 젓는다.

"아니제. 노무 야(것)여." 할머니의 말이 끝나기 바쁘게 나는 또 묻는다.

"노무 야라면, 이라고 한나 끼민 디(꿰매는 데) 얼마썩 받고 하요? 아니면 일당으로 하요?"

"일당."

"을매썩이나 받으요?"

"오만원썩."

"두 냥반이 똑같이 오만원썩 받어요?"

그러자 할머니는 정색하는 표정을 짓는다.

"아아니. 나는 공짜. 쩌그는 기술자."

나이를 말할 때는 '쩌것'이었는데, 기술자란 말을 하면서 '쩌그'가 되었다.

"그라면 할머니는 무다라 나왔소?"

"노느니 따라 나왔제."

"아아따, 기냥 따라 나온 것이 아닌 모냥임마. 일하로 간 새에 보고 잡응께 따라 나오신 모냥임마" 하였더니 빙그레 웃는다.

"할머니, 함자는 어뚷게 돼요?"

내 말도 어느새 하요체로 바뀌었다.

"나는 전짜."

"밭 전 자요, 완전 전 자요?"

"아니, 전짜, 곰배 전짜랑께."

곰배라는 말이 없었으면, 나는 계속해서 '정'을 '전'으로 알아먹었을 것이다.

"아, 정씨이?"

"글제."

"이름은요?"

"정길례."

"이름이 겁나 이뻐요이."

"머가 이름이 이뻐."

"자녀분은 얼마나 두셨어요?"

"딸만 많애."

딸만 많다는 그 말에 나는 할머니의 상처 하나를 건든 것이 아닐까, 조마조마하였다. 하지만 이어지는 할머니의 말은 나의 우려를 씻어버렸다.

"딸만 많애. 아들은 쪼까 돼. 두 분."

아들을 두 분이라고 한 대목에서 웃음이 나왔다.

"따님은요?"

"다섯."

"글먼 아드님이 막낸가요?"

"아니. 막둥이는 딸이여. 인자 수물여섯인가? 아들덜은, 둘째놈은 서른다섯, 큰아들은 마운다섯인가? 큰딸은 마운야달."

"금술이 겁나 좋으셨등가보네요이."

"금술이 좋았능가 어쨌능가 몰라. 만둘잉가 싯잉가에 막내를 낳어."

"금술이 겁나 좋았구마. 긍께 할아버지가 일하러 나오싱께, 그 참에 또 보고 잖어서 이라고 따라 나서신 거 아니요."

"그랑가? 몰라."

할머니의 볼이 약간 붉어진 것은 내리쬐는 햇살 때문만은 아니었다.

두 분이 날날하게(나란히) 앉어서 그물 꿰매는 것을 보고 있자니, 부럽다는 생각이 스멀거리며 일어난다. 저렇게 늙어서 함께 그물 꿰매는 일을 하고 있어도 좋을 것이다. 그런데 할머니가 쓰는 바늘과 할아버지가 쓰는 바늘이 다르다. 할머니는 플라스틱으로 만든 바늘을 쓰고 있는

데, 할아버지의 바늘은 대나무로 되어 있다.

"우와따, 바늘이 징하게 좋네요이."

할아버지에게 말을 걸었는데, 대답은 또 할머니가 한다.

"영감이 손이로 일일이 깎었다요."

"그래요이. 할아버지 이걸 뭐라고 부른대요?"

그때서야 할아버지가 입을 연다.

"이, 바늘때."

"근디, 사서 쓰는 것보담 맹길어서 쓰는 것이 더 좋아요?"

"채(훨씬) 좋제."

"왜요?"

그러자 할아버지는 할머니가 들고 있는 바늘대를 가리키며, "조것은 혀져부러" 그런다. 플라스틱으로 만든 바늘은 햇볕에 자주 휘기 때문에 일을 하기에 불편하다는 것이다. 할아버지의 공구상자에는 크고 가는 바늘대들이 즐비하다. 손때가 묻은 바늘대들은 단순한 물건만은 아닌 것 같다. 그의 숨결과 손때가 묻은 바늘대가 혼자서 그물 사이로 헤엄쳐 다니는 것 같다. 이미 영혼이 생겨났을 것 같은 대나무 바늘대는 공장에 서 찍어 만든 물건과는 분명 다르게 보인다.

기냥 쓰제 무짜 껏이여

"밥 안 묵었으면, 밥이나 묵고 가!"

"아뇨, 되았어요, 할머니. 내려가서 묵으면 돼요."

"내레가면 묵을 디가 있어?"

"아니, 근 것은 아니고……"

"식당 밥 묵을라면 역서 묵고 가. 밥이사 찬밥이제만."

그렇게 인연 맺은 사람이 김순금 할머니(74세, 곡성군 도림사)였다.

도림사 계곡이 좋다기에 구경 왔는데, 밥때가 다 되었다. 그래도 밥보다는 먼저 절을 볼 욕심에 산 깊은 곳에 있는 절집에 왔는데, 여기저기 사람들이 골짜기마다 박혀서 목욕을 하거나 물놀이를 하고 있었다. 소리를 질러대는 곤충들이 햇살을 더 단단하게 만들었다.

계곡이 꽤 볼 만해서 절 뒤쪽 계곡으로 올라가려고 했더니, 열 명이다 되어 보이는 남자들이 거의 다 벗다시피 온몸에 비누칠을 한 채로, 사타구니고 어디고 닦고 있는 것이 보여서 더 가지 못했다. 남자들만 사는 나라가 아닌데 남부끄러운 줄 모르는 사람들이란 생각이 들었다.

절은 작지만, 뒷산과 어우러진 품이 영판 넉넉하였다. 사진 몇 방 찍고 걸어나오는데, 웬 노인이 물레에 앉아 마늘을 까고 있었다. 마늘 그릇 곁에는 손으로 뚝뚝 잘라놓은 무잎이 담긴 그릇이 있는 것으로 보아, 물김치를 담그려고 일을 하는 모양이었다.

"보살님! 물 한 그륵 얻어묵을 수 없으까요?"

내 입에서는 생전 입에 담아보지 못한 '보살님'이라는 말이 나왔다. 흔히 절에 있는 여자들을 남들이 보살님이라고 하기에 따라서 해본 것이다.

"물?"

"야."

물을 한 그릇 비우고 나자 정신이 조금 들었다.

"함무니, 시방, 짐치 담글라고 그라요?"

"야."

"아따, 맛나겄다."

"어서 외겠소?"

"광주요."

말을 하면서도 그녀의 손은 한눈 안 팔고 마늘을 까고 있었다.

"절에 재겠은 지가 을매나 되얐소?"

"몰겄소."

"한 삼십 년 되야겠소?"

"그랬으까?"

나는 도통 감을 잡을 수가 없었다.

"여그 오기 전에 선운사에 한 삼 년 있었는디, 시님이 이짝으로 온 통에⋯⋯"

선운사에서 지내다가 도림사로 온 한 스님을 따라, 이쪽으로 오게 되었다는 말이다.

"고향이 여그요?"

"⋯⋯"

"은제부텀 절에 재게셨소?"

"⋯⋯"

몇 마디 물었지만, 대답이 없다.

"밥이나 묵었으까?"

그 말은 느닷없이 나왔다.

나는 못 이긴 척 방으로 들어가서 밥상을 받았다.

무잎을 갖다주기에, 쌈을 먹으려면 손을 씻어야 되겠다 싶어서 싱크대로 가서 손을 씻었다. 그때였다.

"오모메, 우짜까이."

그녀의 입에서 나온 말이었다. 깜짝 놀라서 돌아본 나에게 할머니는, "싱건지(국물김치) 담울라고 짓국 맹길아놨는디⋯⋯" 하였다.

그때서야 싱크대에 있는 멀건 물이 보였다. '짓국얼 끓엤다가 식히고 있는 중'이라고 했다.

"베러부렀네, 베리부렀어."

"우짜 껏이오. 이왕 이라고 된 거, 쬐깐백에 안 들어갔응께 괜잖하 껏이오."

넉살 좋은 내 말에 그녀도 "기냥 쓰제, 우짜 껏이여!" 하였다.

내 속에서는 "스님들이 대놓고년 괴기 안 잡숭께, 괴기국물 조간 들어갔다고 생각해부씨요" 하는 말까지 맴돌았다.

물김치 담근다는 무잎에다가 닦은 된장에다가 고봉밥 한 그릇을 다 비워버렸다. 첨에는 밥이 너무 많아 덜려고 했더니, "묵다가 못 묵겄으면 냉게. 개 키웅께, 암시랑도 안 해" 그랬다.

내가 고봉밥 한 그릇을 다 비우자, 토방에 있던 큰 개 한 마리가 자꾸 나를 쳐다봤다. 안 남겨서 서운하다는 듯이.

난데없이 밥을 얻어먹었는데 '염치가 없으면 안 되겠다' 싶어서 그릇을 들고 부엌으로 갔다. 그리고 내가 먹은 그릇들하고 그전에 있었던 그릇들을 다 씻도록 그녀는 나의 설거지를 말리지 않았다. 나는 속으로 그녀가 설거지를 관두라고 할지 알았던 것이다.

그나저나 배가 불렀다. 절집에서 밥을 먹으니, 절집이 내 집 같다. 형제봉 등성이에 걸린 구름은 막 만든 미영(무명)이불 같다. 드러눕고 싶지만, 머리 긴 것이 걸린다. 아직 다 안 살아봤으니, 언제 이 집이 내 집 될는지 알 수는 없는 법이다. 매미와 쓰르라미, 삼정양반여시(매미의 한 종류)가 더 세게 울어댔다.

인자 조깐 있으면 알 품을 것이여!

오후가 깊어 밥을 먹으러 가는데, 왼쪽 들 너머 대샆(대숲)에 새들이 많다. 한두 마리가 아니라 아주 떼를 지어 있는데, 대나무 하나마다 한 마리씩은 앉아 있는 것 같다. 새를 보러 가야겠다는 마음을 먹으면서도, 배가 고파 식당에 먼저 들렀다. 식당에 앉아 밥을 먹으면서 "저짝 새 있는 디가 어디요?" 하고 물었더니 식당 주인 아주머니, "몰겄는디" 그란다. 하기야 새가 오건 비가 오건 그런 것이 하루하루 살아가는 데 무슨 도움이 되겠는가?

조구(조기)새끼 튀긴 것에 한 그릇 밥을 뚝딱 해치우고, 새 만나러 간다. 마을 이름을 몰라도 길은 몸을 열어주고, 나는 어느새 대샆 가까이 왔다. 새가 있는 대샆에 가까이 왔지만, 오히려 새들은 잘 보이질 않는다. 내 키가 대보다 작은 탓이다. 꼽발(발돋움)을 해봐도 가망 택도 없고 '어디로 가봐야 새들이 잘 보일까?' 궁리를 하는데, 마을 맨 뒤의 집

34

한 채가 눈에 들어온다.

기침을 하면서 그 집 울안으로 들어갔더니, 할아버지 한 분이 나온다. 호랑이 눈썹이 이채로운 국영창 할아버지(81세, 담양군 사미정마을)다.

"문 노무 새가 이라고 많답니까? 귀겡 조깐 하겠습니다이" 했더니, "그라씨요" 하면서 고무신을 신고 나선다. 이 집에 온 것이 나 혼자만은 아닌 것 같다. 뒤안에는 감나무랑 차나무가 많이 심어져 있다. 뒤안에 왔어도 새들은 먼발치의 그림일 뿐이다. 감나무에 올라가서 새를 볼 욕심으로 나무에 올라보지만, 무거운 몸은 나뭇가지에 대롱대롱 매달릴 뿐 나무 위로 오를 수 없다. 몇 번 바동거린 끝에 겨우 낮고 굵은 가지 위에 서서 대숲의 새를 본다.

대숲 안에는 오동나무를 비롯한 낙엽수들이 섞여 있고, 그 나무들 가지 갈라진 곳마다 새들이 앉아 있다. 얼른 보니 왜가리 종류 같기는 한데, 종류가 각양각색이다. 새에 대한 조예가 없는 탓에 "조것이 무시까" "무시까" 하면서 새들을 본다. 워낙 멀리 있어서 어지간한 전문가가 아니고는 새들의 종류를 구별하기가 쉽지 않을 것 같다.

"요거 딛고 올라가보제?"

어디서 꺼내왔는지, 할아버지는 쇠사다리를 갖다세워놓았다. "고맙습니다" 말하고 사다리에 올라보니 아까보다는 훨씬 높은 위치이다. 새들이 있는 나무는 한눈에 들어오지만, 새의 형체는 멀어서 흐리다. 대숲에 들어가기 전에는 제대로 보기 어려울 것 같지만, 대숲에 들어가는 것은 크나큰 무례가 아닐 수 없다. 그렇잖아도 인간에게 땅과 하늘을 빼앗긴 날짐승들이 겨우 자리를 잡고 앉았는데, 새를 좋아한다면서 그들의 터전을 위협할 수는 없는 노릇이다.

"문 집도 옰는 것 같은디 조라고 새들이 날아댕긴다아?" 물었더니, "집 질라고 그라제. 그새 집 짓고 인자 조깐 있으먼 알 품을 것이여" 하고 나서 한마디를 덧붙인다.

"삼월 중순이나 되면 새끼 치고 그랑께, 그때 또 와!"

자리를 정리할 생각으로, 사다리를 들어보니 젊은 내가 들기에도 자못 무겁다. 할아버지가 아직도 짱짱하다는 것을 안 것만 같다.

마당 쪽으로 나오니, 오래된 물건들이 벨라도 많이 보인다. 나는 방망이를 가리키며 "어르신, 역서는 이것을 무락 했어요?" 하고 물었다.

"무슬 말하까? 이, 방마니."

방망이를 내 고향에서는 '방망치'나 '방맹이'라고 불렀으니, 같은 전라도라도 많은 차이가 있다. 할아버지는 사투리를 많이 알고 있다. 학독*, 폿독**, 주벅(주걱) 등등 묻는 것마다 거침없이 답변이 나온다. 살아 있는 사투리 사전인 셈이다.

새 생각은 잊어버리고 나는 집 구경에 바쁘다. 이 집의 물건들은 할아

---

* 학독 절구. 전라도에서 절구를 일컫는 말로 흔히 '도구통'이라는 말이 사용되는데, 이곳에서는 학독이라고 불렀음.
** 폿독 돌확. 전라도에서는 흔히 돌확을 '학독'이라고 하는데, 여기서는 '폿독'이라고 부르는 것이 특이했음. 사전에도 돌확을 일컫는 담양의 방언은 '학독'으로 나와 있음(이기갑 외, 『전남방언사전』, 태학사, 1998).

버지와 함께 나이를 자신 것 같다. 화장실도 재래식인데, 커다란 항아리 위에 나무판때기를 걸쳐놓았다. 그런데 화장실 한쪽 구석에 눈에 익은 물건 하나가 보인다. 똥을 풀 때 쓰는 물건인데, 요새도 이런 것이 나올까 싶다. 내 머릿속에서는 그 물건의 이름이 얼른 떠오르지 않았다.

"어르신, 요것을 무라고 부른다요?"

"이, 조대."

할아버지는 막힘이 없다.

"요새도 이란 것을 포요?"

"그라제. 머리만 포는디, 집이 갖꽈서 맹글았제."

다시 조대를 화장실에 갖다두는데, 대나무 울타리에서 구슬 한 포대가 빠져나가는 것 같다. 뱁새떼가 내 눈을 벗어나 대숲으로 들어가는 것이었는데, 얼멍얼멍한 얼게미(어레미)에 모래를 부은 느낌이다. 한 바가지를 부었는데도 흔적도 없는 모사(모래)처럼, 그 많던 뱁새들은 온데간데없다.

"와마, 조것이 뱁새까요? 참새는 아니고……"

"이, 빕새애. 빕새가 징하게 많제."

가만 보니 이 대숲은 그야말로 '온갖 잡새가 날아' 드는 곳이다. 이렇게 자연의 악기인 새들하고 한평생을 살았으니, 할아버지가 장수하는 것이야 당연하게 생각된다. 노래를 잘하면, "새가 날아든다 온갖 잡새가 날아든다" 노래를 하고 싶은 양각리2구, 사미정의 봄날이다.

내가 김대통령하고 갑이여

커피를 한잔 해볼 생각으로 자판기 쪽으로 가는데, 주차장 한쪽에 있는 자판기 앞에서 웬 노인이 어슬렁거리고 있다. 커피를 좋아하는 노인인가보다 하고 생각했는데, 가만 보니 자판기를 둘러싼 철골구조물의 문을 열어 자판기의 내장을 만지작거리고 있다. 아무리 봐도 부조화다. 수염 허옇게 기른 노인과 자동판매기라니! 그런데 물통을 갈아치우고 여기저기를 닦아내는 솜씨가 손에 익었다.

"어르신, 뭇 하십니까?"

"청소허요."

"글먼……"

어둠은 산 높은 곳에서 쏟아져내린다.

"글먼 요것이 어르신 자판기예요?"

"야."

내 눈은 멀뚱멀뚱해진다.

"아그덜한테 용돈받어 쓰는 것보담언 나서갖고…… 글고 손주들 용돈이라도 조깐 주고 그랄라고……"

나는 커피를 뽑으려고 기다리면서 사진 촬영을 했다.

"나가 딴 건 몰라도 사진기넌 조깐 만져봤제."

뜻밖의 말이다.

"왜정 때 배와갖고……"

"사진관 하셨어요?"

"아니, 기냥 사진사로 있었제."

일제강점기 때 사진을 배워가지고, 오래도록 사진을 찍고 다녔다고 한다.

"원래 고향이 여그세요?"

"아니, 곡성 인멘이여."

"아, 입면."

"여섯 살 때게 나왔제."

"글먼 여그 어디 사세요?"

"이, 저 아래 가면, 이칭집 있등가안."

"야."

"이칭에서넌 막둥이가 카펜가 무신가 한다고 있고……"

"시방 연세가 어뜿게 되십니까?"

"이, 나가 25년생이여. 김대통령하고 갑이여."

곡성군 입면 태생이라는 김재홍옹은 김태통령을 들먹이면서 어깨가 으쓱해진다.

"아따, 근디 놀랬습니다. 어르신 같은 분이 자판기 주인이라니!"

"그래도 자석들한티 용돈 타 쓰는 거보담은 나서."

"요새년 을매썩이나 법니까?"

"요새? 잘 안 돼. 하레 한 만원썩……"

해는 완전히 저물었다. 천천히 자판기 보호 철망을 닫는 그이의 손길은 느리고도 빈틈없다. 턱밑까지 온 가을의 향기는 진하다. 거부할 수 없다.

말벗해줘서 고맙다고라

가을한 논들이 반은 되어 보인다. 아직 추수 안 한 논들에도 누렇게 익은 나락들이 점잖게 고개를 숙이고 있다. 이 나라 들녘을 거의 다 차지하고 있는 나락들을 보면, 이 나라 사람들의 심성이 드러난 것 같아서 절로 미소를 띠게 된다. 나락들은 익으면 익을수록 고개를 숙인다 하지만, 아주 고개를 처박는 것이 아니라 자존심을 댕댕히 담고서 겸손하게 고개를 숙인다.

들판 구경하느라고 싸돌아다니다가 장순기 할머니를 만난 것은 우연이었다. 추상화처럼 생긴 바위산이 하나 있기에 거기에 가보려고 차를 몰아 갔더니, 그 바위산 밑에 희한하게 생긴 집 한 채가 눈에 들어왔다. 처마의 높이가 길바닥과 비등방방(비슷)했다.

대문이라고 양철로 만들어놓은 문이 있기는 한데, 시멘트 포장된 마을길에 서면 그 집의 용머리랑 내 키가 똑같았다. 돌담이 길게 놓여 있

42

었는데, 길 쪽에서는 그 높이랄 것이 한 뼘 정도밖에 안 되어서 그냥 담을 넘어 집으로 들어갈 수도 있을 것 같았다. 그래도 인사가 그런 것이 아니라서, 길보다는 한참 아래쪽에 있는 양철 문을 열고 들어갔더니, 아까부터 나를 보고 있던 할머니가 빙그레 웃었다.

"뭇 하고 재겠소?"

"밭에 갈라다가 이라고 있소."

물레 한구석에 앉아 있는 그녀는 물레에 널어논 들깨 모양 얼굴이 검었다.

집은 삼간집. 혼자 산다는 장순기 할머니(77세)는 농사를 짓고 사는 것이 아니다. 논 한 마지기 밭 한 뙈기도 이녁 손으로 벌어먹는 땅은 없다.

"근디 무다라 밭에 갈라고 그요?"

"메주콩 조깐 걷어올라고 그랬는디……"

"아니, 내동(내내) 농사 안 짓은담서?"

"그래도 콩 숭글(심을) 때넌 있제이."

"글먼 언능 가셔야 쓰겄구마."

"진작 갈라고 그랬는디, 우째 쇠때(열쇠)가 안 보인단 말이요."

그 말을 듣고 보니, 방마다 쇠통이 채워져 있다. 내내 문을 잠가두고 들에 가려고 그랬는데, 쇠때가 어디 가버렸다는 것이다. 늙으니까 정신머리가 없다고 하는 그녀는 들깨를 뒤적인다.

"집이 겁나게 좋구마. 이 집 난테 폴아불라?"

"나 죽으면 그라씨요."

"엄마에 폴라?"

"한 이백 받으먼 쓰까?"

"여가 멫펭인지라?"

"땅언 하천이제."

"땅이 하천부진디, 이백이나 받을라고 그요?"

"그래도 고치니라고 을매가 들었는디……"

"그라기사 했겄제마넌 너머 비싸요."

우스개 거래가 자못 깊이 있게 오간다.

"원래 여그 사셨소?"

"아니, 여가 소개집(6·25전쟁 전후에 산 깊은 곳에 있는 집을 불태워버린 후 큰 마을 근처에 급하게 지은 집)인디, 난리통에 꼴짝에서 나와 살었제" 하면서 골짝을 가리킨다.

소변을 볼 생각으로 화장실에 갔더니, 화장실이 이층에 있다. 일층은 허드레 창고로 쓰고 있고, 창고 한가운데 커다란 항아리가 놓여 있다. 용변을 보기 위해서는 나무사다리를 타고 이층으로 올라가야 한다.

"쩌 안에도 문 마을이 있소?"

"하면(아무럼). 삽제 팔동 건구 칠동 그라제. 이짝에넌 칠 동네고 너메넌 팔 뎅이."

이짝 골짝에는 일곱 개 마을이 있고, 산 너머 골짜기에는 여덟 개의 마을이 있다는 말이다.

"요 동네 이름은 무라?"

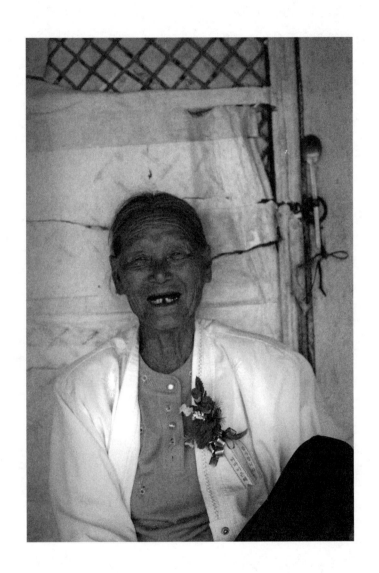

"여그년 원수펭(원수평), 쩌그년 상수펭(상수평) 그라제. 그란디 무다라 고란 것을 물어보고 그요?"

"기냥 알라고 그요. 그나저나 들에 가셔사 쓰겄구마."

"가봐사제. 쇠때년 어디 있겄제."

할아버지도 안 계신 이 집에 혼자 사는 할머니. 나는 몇 번이고 그녀의 손을 잡았다가 놓는다.

"나도 인자 가봐사 쓰겄습니다아."

등을 돌려 나오는데, 어찌어찌해서 고맙다는 할머니의 목소리가 들린다. 아니 저 양반이 내가 해준 것은 아무것도 없는데, 무엇이 고맙다고 그럴까?

"무시 고맙다고 그라요?"

나는 귀를 쫑긋 세운다.

"아, 말만 시게줘도(시켜줘도) 엄만디, 말벗해줘서 고맙다고라."

감나무 똥구녁에다가 쏘박쏘박하니 뒤줄라고

"와마, 나는 면이서 불 못 꼬실르게(태우게) 할라고 나온지 알았네이."

고춧대를 태우고 있는 사람이 있기에 말이나 붙여보려고 가까이 갔더니, 꽤 경계하는 눈빛이다. 그래서 얼른 말을 붙이면서 어째 나를 그렇게 봤냐고 물어보니 나온 대답이었다.

"아까는 쩌 아래서 꼬실랐는디, 면장이 와갖고 무락 허드랑께."

"우째서 꼬칫대 꼬실른 것 갖고 무락 한다아?"

"불낭께 그라제."

밭 아래 리어카에는 덜 삭은 거름이 가득했다. 퇴비삽도 리어카에 턱하니 놓여 있는 모양이 밭에다 거름 줄 계획이란 것이 한눈에 보인다. 무더기무더기 쌓아논 고춧대들이 을씨년스런 풍경을 연출한다.

"연세가 어떻게 되세요?"

"와마, 인자 이름까지 써갖고 갈라고 그란 모냥이네?"

"아따, 나 그란 사람 아니란 말이요."

"글먼 무달라고?"

"기냥 물어보요. 올해 몇이세요?"

"칠십둘."

"말띠구마."

"어뜨게 잘 아네."

"울 엄니가 닭띠요."

"그라면 예순아곱?"

"야."

이제야 표정이 풀어진 듯하다. 어쩌면 그녀(장수선, 72세, 장성군 북하면 용두2리)는, 내가 자신의 자식들과 비슷한 또래라는 것에 안심을 한 건지도 모른다.

"몇남매 됐소?"

"칠남매라아."

"아따, 우리집언 팔남맨디."

"딸이 몇이가니."

"한나요."

"와마, 양념딸(고명딸)이구마이."

"그라요. 근디 아짐은?"

"우리는 삼남 사녀."

"인자 다 커부렀겄구마아."

"그라제."

"그나저나 무슨 숭글라고 그요?"

"안 싱거."

"글면 무다라 거름언 내왔소?"

"아, 조 개거름(덜 삭은 거름. 장흥에서는 '쌩거름'이라고 함)?"

"야."

"감나무 똥구녁에다가 쏘박쏘박하니 뒤줄라고."

"해거리했이까?"

그녀는 대꾸가 없다. "꼬추대럴 다 태와부러사 쓰 껏인데, 자꼬 말얼 붙잉께넌 모른닥 헐 수도 읎고……" 난처한 표정이다.

"글면 여긋다넌 암끗도 안 싱게불라우?"

"몰라. 왜콩(땅콩)이나 심어사제."

"왜콩이라우?"

"꼬칫대를 안 뽑아사 쓰 껏인디, 방정맞게 뽑아부러갖고 우째사 쓸랑고……"

"꼬칫대를 무단 데 쓰게 안 뽑아라우?"

"아따, 지둥 삼어서 감고 올라가게, 냅둬사 쓴디……"

왜콩을 심더라도 또 기둥 만들 일이 갑갑하게 여겨지는 노인의 말이다. 젊다면 이까짓 일이 무어 걱정이겠는가. 하지만 밭 한 뙈기라도 노인에겐 버거운 법이다. 그이가 갑자기 남편 이야기를 한다.

"할아부지는 야든둘 자셨어."

"일언 하기 심드시겄는디?"

"그라제. 인자 노인이제."

"아조 일 안 하시요오?"

"아먼. 인자 일언 못 하제. 노인인디."

"글먼 농사넌 을마나 돼요?"

"읊어, 요것뺑이."

"그나저나 택호*가 무요?"

"야?"

"아따, 문 떡이냐고라?"

"이, 대구우. 원가떡."

"원가떡이먼 어디라아?"

"쩌그 장성 덕산."

같은 장성으로 시집와가지고 지금까지 살았다는 원가떡 할머니. 고 랑 사이마다 시름은 깊다. 고추 심었던 이 두둑 그대로 내년에는 왜콩을

＊택호에 대해서도 명칭이 지방마다 다르다. 장흥에서는 '택오' '태고' 라 하고, 이곳 장성에 서는 '대구' 라고 하는 것만 봐도 그렇다. 택호 뒤에 붙는 '～댁' 이나 '～양반' 이라는 것도 전 남 서남부에서는 그렇게 쓰이지만, 전남 동남부에서는 '～네' 나 '～센' 이라는 택호가 쓰인 다. 예를 들면 장흥에서는 '수동떡' '수동양반' 이라는 택호가 쓰이고, 전남 동부에서는 '박 센' 이나 '수근네' 등의 택호가 쓰인다. 경상도 지방에서는 '～띠기' 나 '～떼기' 라는 택호가 쓰이는데, '대구띠기' 나 '부산떼기' 하는 식이다. '대구띠기' 나 '부산떼기' 가 전라도로 시집 을 왔더라면, '대구떡' 이나 '부산떡' 으로 불렸을 것이다.

심는다고 한다. 다시 두둑을 만들기 힘드니, 그대로 써먹겠다는 것이다.

"꼬치럴 싱겄는디, 오가리가 들어가고 재미럴 못 봤당께. 멩년에넌 콩이나 싱거사제."

"그나저나 집이 어디요?"

"쩌그 물짠 집(부족한 것이 많은 집)."

"조 씨레트 집이요오?"

"야."

그녀는 또 덜 마른 고추줄기를 불 속에 넣는다. 전깃줄에 안 닿게 하려고 여간 애를 쓰는 것이 아니다. 날은 저물고 그녀는 나이가 많다. 나의 어머니처럼……

노지 것이라 징하게 좋단 말이요

　　송항순 할머니(75세, 보성군)는 아침 아홉시부터 저녁 다섯시까지
이 자리에 앉아 있다. 엉덩이가 시린 것도 잊어버렸다. 정부미 포대에
가득 든 시금치를 하나씩 꺼내어 뿌리를 다듬으면서 한 바구니에 천원
씩 판다.

　　"요것이 시금치요?"

　　"야. 노지 것이라 징하게 좋단 말이요."

　　"무쳐 묵어사 쓰까?"

　　"무쳐 묵어도 되고, 된장국 끓에 묵어도 되고 글지라. 조깐 디리께
라?"

　　"아니, 되았습니다. 근디 함무니는 여그 사람이세요?"

　　"아니라우. 쩌그 능우서 왔소."

　　지나다니는 차 때문이기도 하지만, 할머니의 발음은 알아듣기가 힘

들다.

"능우요? 아니면 늠우요?"

"겜벵이요, 겜벵."

내가 능우인지 늠우인지를 모르는 것 같으니까, 조금 큰 마을의 이름을 대는 것 같았다.

"겜벵요?"

"아니, 뎀벵."

갈수록 오리무중이다.

"거가 어디라? 담양이요? 화순이요?"

나는 할머니가 댄 지명을 도저히 알 수 없어서, 군 단위 몇 군데를 대고 나섰다. 최소한 무슨 군 무슨 면 해야, 할머니가 사는 곳이 잡힐 것 같아서였다.

"아니라우. 쩌그 율포서 왔소."

"아따, 진작 그라고 말씀하셔사제. 글먼 아까 뎀벵이락 했던 디가 겸백이요?"

율포 근처의 지명 하나가 떠올라 물어보았다.

"아니, 쩌그 득량 가면 점붓대 있고 걱서 쭉 가면 굴도 있고 그라요안."

말로 그림을 보여주는데, 내 눈에는 하나도 보이지 않았다.

"글먼 웅치 짝이요? 거그 차밭 있고 그란 디 말씀하신 모냥이구마."

"그라제."

할머니의 맞장구에 나도 고개를 까딱거리기는 했지만, 할머니도 나도 엉뚱한 곳을 머릿속에 그리고 있는 것 같았다.

"시집은 어서 외겠소?"

"청암."

"거그는 또 어디라요?"

"득량서 미륵…… 긍께 봉내 쪽으로……"

"보성읍 쪽이요?"

"야. 인자 온 지 오래돼갖고 몰겄소야."

이야기를 나누고 있는데, 젊은 여자 하나가 와서 할머니에게서 시금치를 사간다. 할머니는 다듬어놓았던 시금치 한 바구니를 검정 비닐에 넣는다.

"따듬어논 것 말고, 안 따듬어논 걸로 많이 조간 주씨요이."

할머니는 여자의 말을 못 들었는지 그냥 다듬어둔 시금치를 비닐에 넣더니, "엄마치?" 묻는다.

"아따, 안 따듬어논 것으로 많이 주랑께이. 이천원아치 주랑께, 안 따듬어논 걸로…… 장삿집이서 쓸라고 금마는……"

그래도 할머니는 여자의 말엔 대꾸도 안 하고 무릎 앞에 다듬어논 시금치 한 무더기를 더 넣는다. 많이 달라는 말을 입에 단 여자의 말이 떨어질 때마다 비닐봉지에는 시금치 몇 뿌리씩이 덤으로 넣어진다. 돈을 계산한 여자가 떠나고서야 나는 다시 말을 붙인다.

"노지 것이라고 혔는디, 어서 캐오신 거예요?"

"아니요. 아들이 지른 것인디……"

"아, 글먼 아드님이 걱서 농사지으세요?"

"야, 그란다."

"거가 그래도 파가 유명해갖고 농사지슬(지을) 만할 것인디."

"야. 그년(거년)에는 망해불고…… 사방에서 파를 많이 해붕께……"

"글먼 광주에는 함무니만 와서 사신 거예요?"

"손지들 학교 간다고……"

손자들 밥해주러 와서 이렇게 나와가지고 장사까지 한다는 말이었다.

"그나저나 함무니는 연세가 어뚫게 되았어요?"

"물라고 이라고 조근조근 물어보까이. 토끼띠요."

"글먼 칠십오 세까?"

"그라요."

"그라면 할아버지는 재겠어요?"

나이 드신 분들에게 여쭤보기 어려운 질문 중 하나가 그이와 부부가 되는 사람의 생사 여부를 묻는 것이다.

"야. 할아버지는 용띠."

"오메, 글먼 연세 차이가 겁나 나셔부요이."

그러자 할머니는 환한 웃음을 웃는다.

"놈한테는 말 안 했는디, 역서 말해붐마이. 그것이 아니고 할아버지가 인자 칠십너이."

"그래라우? 글먼 함무니가 연상의 여인이어불구마요."

"……"

"글먼 택호는 무에요?"

"이, 택오. 누묵떡이라요."

어느새 시간은 상당히 흘러버렸다. "몇시까장 여그 계세요?" 묻자, 다섯시에는 일어난다고 한다. 시금치 천원어치하고 모개(모과) 몰린(말린) 것 이천원어치를 사가지고 나도 자리를 뜬다. 저녁에는 시금치 된장국이나 끓여먹어야 되겠다. 할머니의 손때 묻은 이 풋풋한 노지 시금치로……

테이프 한나 떼어묵어분 한빛이으 마음언

"근디 아저씨는 왜 머리가 길어요?"

난데없는 질문을 던진 녀석은 하얀 태권도복을 입고 있었다.

"우째, 머리 질르먼 안 된다냐?"

"아뇨."

"근디 무다라 물어보고 그라냐?"

"그냥요."

따박따박 대답을 하는 자세가 꽤 귀엽다.

어렸을 때 내 모습이 저러했을까. 나에게 몇 마디 하더니, 저보다 더 어린 놈의 손을 잡고는 나를 앞질러 간다. 나는 녀석에게 말을 붙여볼 생각으로 걸음을 재게 한다.

"몇살이냐?"

"여덟 살요."

"곁에 아그가 동상이냐?"

"예."

나는 동생이라는 녀석을 가리키며, "그러면 니넌 몇살이냐?" 묻는다.

"여섯 살요." 동생이 말했다.

"여그 어디 사냐?" 나는 다시 성한테 묻는다.

"예. 신흥맨션 사는데요."

"이름언 무냐?"

"오한빛요."

"동상 이름언?"

"오성대요."

"성대?"

"아뇨, 오승재요."

"오, 승, 재애?"

"근데 아저씨, 왜 자꾸 물어봐요? 아저씨, 비디오 가게 아니죠?"

별안간 비디오 가게를 들먹이기에 나는 녀석과 비디오 가게의 관계가 좋지 않을 거라고 짐작을 했다.

"너, 비디오 가게하고 안 좋냐?"

"예."

"글먼, 테이프 안 갖다줬지?"

"예."

마침 녀석이 살고 있다는 신흥맨션이 보이고, 모서리에 문 닫은 비디오 가게도 보인다.

"조 집 말하냐?"

"예."

"조 집 안 한지야(하는데)."

"예."

녀석은 비디오 가게가 영업을 하지 않는다는 것을 알면서도, 내가 그 비디오 가게 주인이라도 될까봐서 겁이 났음에 틀림없다.

"너, 영화 좋아하냐?"

"아니요, 나는 맨날 맨날 만화영화만 좋아해요."

"음, 그래? 근디 너 테이프 무슬 안 갖다줬냐?"

물었는데도 대답이 없다. 녀석의 집이 멀지 않다. 갑자기 녀석은 동생의 손을 꼭 쥐고는 바로 저희 집으로 가버릴 태세다. 아직도 내가 비디오 가게 주인일지도 모른다는 생각을 하고 있는 것 같다. 공부 잘하냐는 물음에도 대답을 하지 않고, 동생 손목만 잡고 있다. 더 물어보면 오히려 속내를 감출 것 같다.

"집이 갈라고 그냐?"

"예."

"그래, 잘 가라."

우리는 헤어져서 저희는 저희 집으로 가고 나는 내 집으로 향한다. 그런데 뒤에서 녀석의 목소리가 들려왔다.

"근데, 아저씨 집은 어디세요?"

녀석은 끝내 내 사는 집까지 물어본다.

"이, 쩌그다. 쩌 짜장멘집 이칭이다."

녀석의 얼굴에 안도감이 돈다. "안녕히 가세요." 인자 되었다 싶은가 뒤늦은 인사도 한다.

어찌게 노무 집 땀을 넘어간다요

"와마, 마을이 징하게 좋소이. 행에나 빈집 없으께라이?"
했더니, 쩌그 중골에 가면 빈집이 있다고 따라나선 이는 임동형옹(74세)
이다. 길에는 제비꽃이 지천이다.

"공기가 좋아서 그랑가 몰라도 꽃이 영판 좋습니다. 그나저나 어르
신 멜갑시(괜히) 고상시긴 것 같아서 여간 지송시럽습니다이."

"괜찮해라."

"그나저나 요 꽃을 역서넌 무락 한다요?"

"시른꽃(제비꽃)이락 하지라."

"글먼 이것은요?"

내 손가락은 괭이밥을 가리키고 있다.

"고것은 시른꽃노물이락 하고……"

몇 마디 물어봤더니, 막히는 데가 없다. 그래서 설마 알려나 하는 생

각에 물어본 것이 '마삭줄'이었다.

"조거 조거 조 댕댕하니 줄기가 올라오는 조것은 무락 한답니까?"

"우덜은 저우살이라고 했지요."

"아따, 어르신은 아는 것도 많습니다요이."

질문마다 막힘이 없어서 뱉은 말인데, 대답은 딴것이 흘러나온다.

"내가 한 삼십 년 하우스를 했어라. 그래서 장사라먼 훤하지요. 결혼을 하고 잣두(장흥읍 잣두)라고, 걸로 고입(고용)을 나갔어요. 외삼촌이 하는 하우스였는디, 거기서 오래되얐지요. 그래서 시방도 장사라먼 훤하지라."

이어지는 돌담길, 걸음은 느리고 군데군데 남아 있는 공동우물은 보기에 좋다. 돌담 너머의 감나무들, 짙어가는 연두빛, 그 색이 참 좋다. 꽃보다 잎이 아름답게 보이는 식물이 몇 있는데, 그중 하나가 감나무이다. 차마 잎이라고 말하기도 어렵다는 감잎 아니던가.

밭 가운데 독(돌)담들이 즐비하다. 이런 곳도 다 집터였던가보다.

"여그도 집터 같은디, 마을이 징하게 컸겠습니다요이" 확인하듯 묻자, 대답은 딴판이다.

"집터가 아니라, 밭에서 나온 독들을 싸놓다본께 고라고 땀(담)맨이로(처럼) 되야분 것이지요."

문득 제주도가 연상된다. 밭 하나에 어른 키만한 높이의 돌담은 둘이나 쌓여 있다. 일부러 돌담을 쌓은 것이 아닌데도 이 많은 돌이 밭에서 나왔다니, 이 밭은 예전에는 돌무더기만 굴러다니던 너덜겅은 아니었

을까. 돌무더기가 쌓인 밭은 한둘이 아니다. 사자산의 갈기에 해당되는 비동마을 뒷골밭은 죄다 그 모양이다. 어차피 돌무더기의 저 밭과 다를 바 없는 밭을 손으로 일궜을 임옹의 손마디는 돌보다 거칠고 단단하다.

비어 있다는 집 대문은 자물통이 채워져 있다. "펭야 어르신 계시고 그랑께, 땀 너메 들어가서 귀겡 조깐 하고 오먼 안 되겠습니까?" 말하자, 기다렸다는 듯 대답이 나온다.

"어쩧게 노무 집 땀을 넘어간다요" 하면서 돌담을 절반이나 올라가서 "요라고 보먼 되제" 그란다. 돌담에 발을 걸친 그이의 모습을 보면서 '이삐다'는 생각이 들었던 것은 나이를 잊어버린 때문만이 아니다.

담 중간쯤에 발을 올린 그처럼 나도 돌담을 절반쯤 오른 채로 비어 있는 집을 본다. 당장 들어와 살 수 있을 만큼 허술함이 없는 집이다. 냄비 두어 개, 쌀 한 가마니 갖다두면, 한 살림 넉넉히 차리고도 남겠다.

"카만 있어봐라, 조것이 앵속갓이다냐?"

내가 집을 살피는 사이에 그이는 담 너머의 논사밭(남새밭)을 보고 있었나보다. 그가 말하는 식물을 보니, 데차나 앵속갓인 것 같다. '앵속' 혹은 '앵속갓' '앵쑥갓'으로 불리는 양귀비. 생긴 게 쑥갓하고 비슷한지라 어쩌면 쑥갓인지도 모른다. 애써 가꾸지 않은 논사밭에는 줄짓지 않은 채소며 풀들이 자라고 있다. 여기저기서 살아 있다고 소리 지르는 것 같은 식물들. 풀과 나무의 그 소리에 화답을 하듯이 햇살이 떼로 몰려와 빈집의 뜰이 훤하다.

커피도 안 묵을람거 무라라 왔소

'미암일기'라는 표지판을 따라 사랑하는 사람의 옷고름 같은 길을 가고 있는데, 한 사람이 바쁘게 걸어가고 있는 것이 보인다. 나는 차를 세워 묻는다. 먼 길이면 모셔다드릴 생각이었다.

"어디까지 개기요(가시오)?"

"노랑굴이요."

"야?"

이 안에 무슨 굴이 있다고는 들어보지 못했는데, 굴이라는 말에 귀가 번쩍 뜨인다.

"쩌 안에 노랑굴 간단 말이요."

저 안이라면 미암일기 보관소가 있는 장산리밖에 없는 것으로 아는데, 이상하다.

"노랑굴이라고라우? 연꽃 방죽 있는 디럴 고라고 불르요?"

"야."

"문 정자도 있는 거그 말하지라?"

"야."

"언능 타씨요."

그래가지고 동승하게 된 사람이, '연하춘떡'이라는 택호를 쓰는 아주머니였다. 여러 곳을 다녀봤지만 꼭 고향에 온 것처럼 포근한 데가 이 동네라서, 나는 이 동네에 사는 사람들에게도 살붙이처럼 정이 간다.

"어디 장 보고 오요?"

"야."

"무슬 산 것도 읎는 것 같구마."

가벼워 보이는 바구리를 가리키며 물었더니, 정색을 한다.

"씨갓(씨앗) 샀제ㅡ"

마치 나에게 그런 것도 모르고 물어보냐는 투다.

"짐치 묵을라먼 씨갓 사갖고 싱게사제."

"야."

"어디 광주서 오요?"

"야."

"아까침에도 사진 찍넌 사람들 있듬마. 사진 찍을라고 온 갑구마."

"야."

갑자기 전세는 역전이 되어, 내 입에서는 '야' 하는 소리만 나온다.

열 번을 와봐도 느낌이 새로운 마을이 장산리이다. 일주일 전에는 느

66

끼지 못했는데, 완전한 가을이다.

"근디 어디럴 노랑굴이라고 한다?"

"여그넌 안양굴, 쩌 방죽 우게는(위에는) 노랑굴, 그라제."

연하춘떡 아주머니는 왼쪽 논 밑의 동네를 손가락으로 찍으며 말을
한다. 차는 어느새 방죽 가까이 와버렸다.

"집이 어디요?"

"나는 역서 내레주고, 일 보씨요."

"아따, 집이 어디냐께?"

이왕 인심 쓴 거 끝까지 쓸 폭으로 물어보니, "쩌 우게 집 짓고 있
는디 아요?" 그란다. "아요" 그랬더니, 그쪽으로 가는 길에 집이 있다고
하였다.

"집에까장 태와다줄 텡께, 커피나 한잔 낋에주씨요이."

"그랍시다. 커피가 무여. 밥이라도 해서 차레달라먼 해줘사제."

나무 우거진 사이로 조그마한 언덕을 넘어가자, 거기에 웬 집들이 있
다. 이 마을은 재미있다. 집이 없다고 생각할 만한 데를 지나면, 난데없
이 집들이 있다. 커다란 대삶을 뚫고 가면 대여섯 채의 집이 옹기종기
모여 있고, 고개를 넘으면 또 몇 채의 집이 모여 있는 식이다.

"다 왔소. 고맙소. 쪼 집이요."

가리키는 곳을 보니 차는 갈 수 없는 데다. 나는 아주머니를 따라 내
리며 우스갯소리를 한다.

"커피 낋에주랑께."

"참말로?"

"그람."

"그랍시다" 하고는 논을 가로질러 집으로 향한다. 나는 아주머니 뒤를 졸래졸래 따라간다. 내 손에는 차에서 꺼낸 커피가 들려 있다. 마당에 들어서니 웬 강아지들이 고물고물하다.

"문 갱아지들이 이라고 많다요?"

"새끼 낳제이."

보송보송한 터럭에 부서지는 가을 햇볕. 눈이 부시다. 편지함에는 무슨 편지가 와 있는데, 받는 사람 이름을 보니 '이교수'라고 되어 있다.

"아저씨가 이씨요?"

"야."

"어디 이씨라우?"

"전훤 이씨라."

나는 생전 처음 듣는 전훤 이씨라는 성을 새기며 고개가 갸우뚱해진다. '전훤 이씨? 견훤 이씨?' 더 묻는 것이 어색해서 이야기를 돌린다.

"이 동네가 참말로 양반들이 산 디 같은디, 그라제라?"

"말은 양반들이 산닥 한디, 양반들이 어디 있다? 시방 시상에……"

나는 강아지들 사진을 찍고 아주머니에게도 사진을 찍자고 하였다.

"안 찍을라우."

"아따, 이쁜 얼굴 한번 찍읍시다."

"머시 이뻐" 하면서도 입가에 미소가 흐른다. 그런데 사진기를 대니까, 아주머니는 아주 몸을 숨겨버린다. "와마, 사진 한 장 찍을락 한디, 무다라 그라요?" 했더니, 사진은 절대로 안 찍는다고 하였다. 그런데 사진을 찍는다고 하면서 자세히 보니, 오른쪽 눈자위가 이상하다. 꼭 짓무른 것처럼 불편해 보인다.

"눈이 아프셔요?"

"눈이, 요놈이 안 좋아. 멘에서 나오락 해갖고 갔드니 위가 안 좋닥 허듬마."

나는 사진 찍을 생각을 거둔다. 몸이 안 좋아서 안 찍으려고 한 것을 기어이 찍을 이유는 없는 것이다. 강아지들한테 손짓을 하면서 "오요요" 하니 강아지들이 꼬리를 흔들며 나에게 온다.

"한배 새끼가 아니고 두 배 새끼여."

강아지들의 어미가 두 마리라는 얘기다. 자세히 보니 강아지들 중 두 마리는 조금 더 크고, 나머지 다섯 마리는 좀 해리다(약하다). 현관 근처에 버려진 책자가 하나 있다. 면 소개를 한 책이다. 나는 본능적으로 책을 펼쳐 이 동네를 찾아본다. 마을의 유래와 지금 살고 있는 사람들에 대한 정보가 성씨별로 적혀 있다. 자세히 보니 장산리에 살고 있는 이씨는 '전의 이씨'다.

"아짐! 아저씨 성이 전의 이씬갑구마."

그랬더니, 아무렇지도 않게 대답을 한다.

"야."

나 혼자서만 아저씨의 성을 전훤 이씨로 알아먹은 꼴이 되었다.

"일로 들어오씨요."

아주머니는 현관으로 들어서면서 나에게 손짓을 하였다. 손에 든 커피병을 보여주었더니, "커피도 안 묵을람서 무다라 왔소?" 그란다.

"아, 아짐하고 테이트할라고 왔제이."

웃음소리가 퍼진다. 대문을 나섰더니, 저물녘이 다 된 햇살이 나락들 위에 무슨 은총처럼 뿌려지고 있다. 노랑굴이다.

이끄막네 아짐니의 무시짓감

시골집에 다녀오는 길인데, 도곡 온천 조금 지나니 무슨 짓가심(김칫거리)을 팔고 있는 사람이 보인다. 도곡 온천에서 능주 쪽으로 가면 평소에도 때알(딸기) 팔고 하는 사람들이 흔해가지고 눈도 잘 안 주는데, 난데없이 전남학숙인가 무엇인가를 마주 보는 데서 그렇게 있는 것은 첨 보는 것이라, 얼른 눈에 띄었는가보다.

차를 세우기에는 좀 옹색한 곳인데, 길바닥에 돌출이 있어서 천천히 가다보니 눈에 띈 것이다. 평상 한쪽에 무시짓감(열무)이 쌓여 있고, 또 한쪽에는 매실이 바구니에 들어 있다. 아짐니는 밀짚모자를 썼다 벗었다 하면서 나를 맞았다.

"매실은 어뚷게 한다아?"

"이, 관에 만원썩이요."

"우와마, 무쟈게 비싸요이."

"그라제라우."

비싸다는 내 말을 아짐니는 매실 끔(가격) 자체가 비싸다는 말로 알아들은 것 같다. 하지만 내가 얘기한 것은 이 집 매실이 비싸다는 말이다. 매실도 너무 자잘하고 단단하지도 않게 생겨가지고 영판 해린디, 한 관(약 3.8킬로그램)에 만원이라면 비싸도 보통 비싼 것이 아니다. 오늘 아침에 들은 광양 농부님 말씀은 배달해줄 때 일 킬로그램에 이천원씩이라 했는데, 모르긴 몰라도 그 집 매실은 아조 오달질 것인데, 이 아짐니는 암만 뜨내기 상대한다고 해도 너무 비싸게 불러버린 것 같다.

"아니, 이 집 매실이 비싸다고라. 물겐도 조깐 해리고 금마는……"

그때야 아짐니는 손사래를 치고 나온다.

"몰겄소라. 내 것이 아니라 노무 엔디…… 팔천원에 가지가부씨요."

장사를 해본 사람이 아니라서, 손님의 한마디에 무려 이십 퍼센트나 가격을 낮춰버린다. 하지만 나는 매실에는 별 염이 없다. 매실차를 담가놓으면 좋기야 하겠지만, 일이 많은 날들이라서 별로 내키지 않는다.

사실 내가 차에서 내린 것은 아짐니의 모습을 사진으로 박기 위해서다. 뙤약볕에 까맣게 그을린 얼굴을 하고 평상 하나 펴놓고 장사한다고 앉아 있는 모습이, 별나게 정스럽게 느껴졌기 때문이다.

"그나저나 아짐, 이짝으로 앙거보씨요."

"무다게라?"

"사진 한 장 찍읍시다."

"오메메, 이라고 사진 찍으라고? 끼미도(꾸미지도) 안 했는디……"

밀대모자로 낯을 가리려 하던 아짐니가, 넉살 좋게 대했더니 할 수 없이 자리에 앉는다. 그런데 표정이 너무 딱딱하다.

"열무는 엄마썩 한다?"

"한 단에 삼천원만 주씨요."

"삼천원이라우?"

다시 묻자 맘이 약해진 아짐니는 가만 생각하더니, "이천원만 주씨요" 한다. 그 틈바구리에 나는 사진을 찍는다.

"근디, 사실은 내가 요란 거 살라고 내린 것이 아니란 말이요."

"글먼 무다라 왔소?"

"아짐니가 이뻬갖고 사진 찍을라고 왔소."

"그란 벱이 어딨다와? 인자 사진도 찍어붓응께 사가사제."

"그랍시다. 무시(무) 한 단만 주씨요."

무시는 칡넝쿨로 묶어져 있다. 새내끼(새끼)도 아니고 칡넝쿨로 묶어진 것이 영 맘에 든다.

"참말로 징하게 좋아라우. 내 손을 봐보씨요. 내가 조깐 전에 밭에서 솎아갖고 왔단 말이요. 내 것이라서 허는 말이 아니라, 농약 한번 안 치고 징하게 좋단 말이요."

정말 아짐니의 손에서는 흙 부스러기가 떨어진다. 검은 손 갈라진 틈마다 까만 흙이 박혀서 아짐니의 몸뚱이도 반 넘어는 흙이 된 것 같다. 자연스럽다.

"좋소. 근디 올해 멫이요?"

"무다라 늙은이 나이를 다 물어보고 그까이."

나이 묵었다는 사람이 이녁의 나이를 말하지 않을 때에는 방법 하나가 있다.

"울 엄니가 올해 이른이요."

이짝에서 비밀 하나를 말하듯이, 무엇인가 하나를 밝혀주면 된다.

"다섯이요."

데차나 바로 답이 나온다.

"여순다섯?" 했더니 표정이 바뀐다. 내가 잘못 짚었나보다. 아짐니가 내 더시기(덜미)를 살짝 치면서 "아니, 신다섯" 그란다.

"무쟈게 젊구마. 근디 무다라 늙은이락 해싸요. 그나저나 짓가심이나 일로 주씨요" 하면서 돈을 계산하려는데, 천원짜리가 하나밖에 없다. 할 수 없이 오천원짜리를 꺼내서 금을 치렀더니, "아조 한나 더 갖고 가부씨요" 하며 내미는데, 일꾼 짐에 깔(꼴) 한 무데기 더 엉그는 쥔네 같다.

"무슬ㅡ 이것도 역불로(일부러) 샀구마이. 둘이서 묵으면 음마나 묵은다고 더 갖고 가겠소."

그제야 낱돈을 내준다. "한나 둘 싯." 삼천원을 낱돈으로 받으면서 "이름이 무요?" 했더니, "문 이름이 다 있다아" 그란다.

"이름 없는 사람도 다 있다아?"

하지만 대답을 하지 않는다. 다른 차가 한 대 서고, 무언가를 사러 오는 사람 모양 이쪽으로 걸어온다.

"아, 이름이 무낭께?"

그때서야 아짐니는 옥쪼시(옥수수) 수꽃이 암꽃에게 다가가듯 들릴락 말락 말을 한다.

"꼬막네여."

"성은 무요?"

"이가. 이꼬막네—"

"가요이. 짓감이 징하게 좋구마이" 했더니, 재미지다는 표정으로 흰하니 웃는다.

마을은 앵남. 엔간히 이쁜 시악시의 분내나는 웃음보다는, 이꼬막네 아짐니의 검은 웃음이 뎁데(도리어) 환하다.

나는 이곳을 사랑역이라 부르련다

남광주역이 사라지고, 역사가 있던 자리에 주차장이 들어서고, 사람들은 더이상 새벽 열차를 타고 와서 푸성귀나 어물이나 수공예품을 팔지 않는다. 역 앞에 시장이 있었고, 지금도 시장의 규모는 변함이 없지만, 행인들은 그다지 많지 않다. 어찌 보면, 추억의 힘으로 이전의 자리를 지키는 사람들.

아스팔트가 잘 깔린 주차장도 빈 데가 많다. 기차를 타러 가거나 내려올 때 사용하였을 계단에는 이끼와 잡풀이 무성하다. 비탈진 길 한 귀퉁이에 고무대야가 쌓여 있다. 대야들은 하나같이 텅 비어 있다. 텅 비어 있는 대야, 그것들은 마치 사람의 숨결이 사라진 남광주역과도 같다.

내 눈에 보이는 것은 한결같이 비어 있는 것뿐이다. 비어 있는 그릇, 비어 있는 주차장, 비어 있는 하늘…… 비어 있는 리어카와 자전거는 차라리 팔십여 년 전쯤의 풍경 같다.

철로는 사라지고, 아직 다 철거되지 않은 철교는 초현실주의 작가의 그로테스크한 설치 작품 같다. 강물과 몸 섞고 있는 일제식 교각. 세월이 흘러도 변하지 않는 것은, 그대로 세월을 담고 있다.

그래, 예전에는 이곳에 길이 있었다. 그 길을 따라 섬진강 하류의 물결 소리가, 새벽이면 도시의 이마에 찬물을 쫘 붓고 사라지곤 했다. 길은 늘 끊기고, 길이 끝난 곳에서 사유는 시작된다.

불현듯 나는 남광주역을 사랑역이라 부르고 싶어졌다. 모름지기 사랑이란 처절하게 부서진 후에도 남아 있는 어떤 것이 아닐까? 떨어진 나뭇잎이 씨앗을 감싸는 그 마음 아닐까? 그 씨앗이 온몸으로 발아하여 잎의 꿈을 이루는 것, 겨울밤 인적 없는 길에서 헤맬 때 서로의 손을 비벼주며 추위를 견디는 것이 아닐까?

언젠가 시골길에서 마주쳤던 노부부는 등뒤로 흙투성이가 된 서로의 손을 꼭 쥐고 있었다. 먹을 것 없어도 숟가락 하나 더 놓아 손님과 함께 끼니를 나누었던 어머니의 그 마음. 편견과 획일화 정책에 의해 사지가 찢겼지만 그래도 생생하게 남아 있는 민중의 말. 나는 그런 것들을 생각하였다. 모든 폐허가 아름답지는 않지만, 패배를 경험한 자에게 폐허는 성스럽다. 자신의 삶이 바닥이 아님을 입증해주기 때문이다.

이전에는 사람들이 줄지어 서 있었을 공중전화박스엔 아무도 없다. 삼십여 분을 머물렀는데도, 공중전화를 이용하는 사람은 하나도 보이지 않는다. 뜨건 햇살만이 전화박스의 빈속을 달구고 있다.

할머니 한 분이 차광막으로 그늘을 넓힌다. 내 손에 카메라가 있는

걸 보고선, "찍어부렀소?" 그런다.

"예."

"물라고 찍어. 챙피허게……"

나는 대답을 않는다. 할머니의 좌판에는 돈부(동부)랑 서숙(조)이랑 찌시(수수)랑 잡다한 것들이 놓여 있다.

"요것을 어디서 띠다가 포요?"

"몰라! 말하기 싫어."

나는 더 말을 붙이지 못하고, 버스가 다니는 길로 간다. 이중으로 버스길이 놓여 있어도 자동차 도로는 막히고, 철길은 끊어졌다. 사랑이여, 이따금은 약속된 길로 가고 싶다, 라고 나는 말하고 싶다.

주차장 한쪽에는 여전히 군화와 안전화 등을 파는 구두 수선점이 있다. 삼십여 년 이곳을 지켜왔다는 고용석옹은 부지런히 바느질을 하고 있다. 역이 없는 이곳에 어떤 사람들이 와서 군화며 안전화를 사갈까?

고용석옹은 좀처럼 자신의 이름을 말하지 않는다. 무슨 말을 걸어봐도 대꾸조차 하지 않는다. 나를 다 밝히고 숨 한번 쉬고 "와마, 징상나게 덥네이" 했더니, 손님으로 와 있던 분이 먼저 말을 붙여준다. 그때까지도 고옹은 입을 열지 않는다. 나는 가만히 앉아 그가 하는 바느질을 한참 동안 바라본다.

재봉틀은 한눈에 봐도 오래된 것이다. 기름때가 낄 곳에만 끼어 있다. 손질을 잘한 주인네의 품성이 보인다. 나는 찬찬히 나의 내력을 풀어놓는다. 그때서야 고옹은 "으, 그래" 한마디씩 대꾸를 한다.

나는 얘기를 그만두고, "땀이 징상나게 많이 나네이" 한다. 비로소 "와마, 덥구마" 부채를 흔들며 그도 말한다. 덥다. 내 몸에서도 땀이 비 오듯 쏟아진다. 나는 그것을 땀비라고 부른다. 사전에 없는 말이다.

"어르신, 재봉틀이 솔찬히(꽤) 오래되아분 것 같소이."

"몰라. 몇 번 갈았제."

"그것이 어디 꺼라우?"

"큼메(글쎄). 독일 것일까?"

"어디 봅시다."

회사 이름만 나온 재봉틀은 어디 것인지, 나로서는 알 수가 없다. 표기는 영어로 되어 있다. 한 삼십 년 썼다는 재봉틀은 원산지가 어디인지는 알 수 없으나, 분명 고옹의 것임에는 틀림없다. 재봉틀과 그 틀을 고정시키는 받침대가 철근과 철판을 이용하여 용접되어 있다. 그것은 메이드 바이 고용석이었다.

"사진 조깐 찍으께라이."

"물라고 찍어" 하면서도 이번에는 거부하지 않는다.

"멫년 되셨어요?"

"한 삼십 년 되얐제."

함께 있던 손님의 구두가 다 기워졌다. 예전부터 이 집으로 수선을 하러 온다는 그분은 끝까지 자신의 이름을 밝히지 않는다.

"이천원 받어."

고옹이 노력한 것에 비하면 터무니없는 액수다.

"하레 얼마썩이나 법니까?"

"몰라. 이천원썩도 벌고, 만원썩도 벌고……"

"그전에넌 을매썩이나 벌었어요?"

"은제? 이 역 있을 때? 그때는 하레 이삼만원썩은 벌었제이."

"그래요?"

"기냥 나와. 심심헝께."

"……"

"집이 있으면 못 해. 자석들은 하지 말라고 그란디, 여 와서 장기도 두고 그라제. 여기 장기판 있능가안."

휘어진 장기판 하나가 고옹의 옆구리께에 있다.

박작 헐 때 박을걸 아이고~

동백숲을 보려고 옥룡사에 갔다. 길은 좁고 길게도 이어져 있다. 산 밑에서부터 동백나무들이 빽빽하다. 동백나무 숲 한쪽에 요사로 보이는 살림집이 있고, 우물에서는 웬 할아버지 한 분이 입을 헹구고 있다. 바가지로 물을 떠가지고 입을 헹구고 그러다가 바가지에다 무언가를 넣는다. 자세히 보니 틀니다. 그이는 두 번에 걸쳐 입을 헹구는 것이다.

조금 가파른 길을 올라가니, 무슨 사람들이 대여섯이서 모여 있다. 여기저기 땅이 파여 있는 것이 한눈에도 발굴 현장이다. 주춧돌이 즐비하게 보이고, 깨진 기왓장이며 사금파리들이 그릇그릇에 가득하다. 그때 난데없이 노랫소리가 들린다.

박작 헐 때 박을걸
박작 헐 때 박을걸

아이고— 아이고—

박작 헐 때 박을걸

박작 헐 때 박을걸

아이고— 아이고—

속도 모르먼 말도 말어라

아이고— 아이고—

　이성수옹(65세, 광양시 옥룡면)의 노래가 끝나자 웃음소리가 자지러
진다. 옥룡사 문화재 발굴공사 현장, 때는 점심 먹고 쉴 참이다. 오래된
기왓장 모양 널브러진 사람들.

　"어르신, 근디 고 노래가 문 내용이랍니까?"

　"이, 이 노래가 말이여. 늙어서 서방이 몬야(먼저) 죽어붕께넌, 죽은
사람 붙잡고, 박작 헐 때 박을걸, 그랬다는 노래여."

　"예?"

　"그래갖고 자석들이, 엄니 고것이 문 말이다요 했드니, 속도 모르면
말도 말어라, 그랬제."

　말을 하면서도 부분 부분은 노래가 되어 나온다.

　"박작 헐 때 박을걸. 서방이 죽기 전에 읍내 가서 둘이 사진 한방 박
자고 혔는디, 안 박어부렀어. 긍께 인자 죽어부렀응께 박작 헐 수도 읎
고…… 그래갖고 박작 헐 때 박을걸— 그란 것이제. 박작 헐 때 박을걸.
모다(모두) 일루 와 사진 한방 박어달락 허게. 박작 헐 때 박을걸……"

그라고 모테서(모여서) 사진을 박았다. '박작 헐 때 박을걸.' 우리네 노래에는 성에 대한 터부의식이 별로 없다. 요새 가수들 노래에도 야한 가사는 많지만 그런 노래엔 땀방울이 없어서 별로 재미가 없다. 재미있고 살가운 노래는 노래책엔 없어도 민요에는 많다.

절터는 오래되었지만, 남아 있는 유적은 없다.

"요것은 백제 때 꺼락 허듬마."

누워 있던 이성수옹이 어느새 따라나서서 가르쳐준다.

"그나저나 어서 왔으까? 케비씨(KBS)?" 하고 묻는다.

"아뇨, 그냥 글 쓰는 사람이에요."

"이, 그래이― 근디 결혼했으까? 아가씨 같기도 허고……"

"왜요? 메누리 삼으실라고 그요?"

"혹, 몰르제이."

머리 긴 내 모습을 보면서 농을 걸기에 나도 덩달아 농담을 하였다. 나는 이것저것 보고 나서 등성이 너머로 간다. 동백숲 한쪽에는 도선국사의 유골이 발견되었다는 터가 있다. 잔디는 푸른데, 옛 절은 어디에도 없다. 전에 왔을 때에는 유골이 나왔다는 데가 패어 있었는데, 지금은 비닐을 씌워놓았다. 창창한 동백숲이 들어올린 하늘은 어느새 가을이다.

시방 묵은 것이 코때기여 언원히 매웁제

요새는 흑산도나 목포 앞바다에서 홍어가 안 잡힌다고 하지만, 그전에는 목포 쪽 바다에서 잡힌 홍어가 이 지방 음식의 으뜸이었다. 목포나 암태도쯤에서 잡힌 홍어를 배에 싣고 영산강 줄기를 따라 올라오다 영산포까지 이르는 데 걸리는 시간은 딱 일주일 정도 되었다고 한다. 그새 홍어는 마침맞게 삭아버리고…… 그래서 영산포 홍어가 유명했다고 한다. 목포에서 배에다가 실을 때 짚을 쫙 깔고 그 짚세기 사이사이에 홍어를 넣었는데, 그 홍어가 짚 사이에서 바닷바람 강바람에 삭아가고 시큼하고 매운 영산포 홍어가 되었다는 이야기이다.

요새는 국산 홍어를 구경할 수가 없다. 홍어는 독이 올라야 맛있다며 장에서 막 산 홍어를 끈으로 묶은 후 길바닥에 질질 끌고 오는 풍경도 사라졌다. 겨우 몇 마리는 잡힌다고 하지만 입맛 아는 사람들이 차지하기에는 택도 없는 양이다. 그런데 요새도 영산포 하면 홍어가 유명하다. 왜 그런고 하면, 예전부터 홍어를 삭히고 먹기 알맞게 만드는 기술이 쌓여 있기 때문에 그러하다. 유식한 말로 하면 기술의 축적이 있기 때문에 영산포 홍어가 타 지역과 다르다는 것이다.

홍어하고 비슷하니 생긴 물건이 간제미이다. 저 윗지방 말로는 가오리라고 부른다. 그런데 '맨맛하면(만만하면) 홍어 좆'이란 말이 있고, 사람들이 흥에 겨울 때 내뱉는 '앗싸 가오리'라는 말도 있다. '앗싸 가오리'라는 말은 간제미의 성기가 둘인 데서 비롯되었을 것이고, '맨맛하면 홍에 좆'이라는 말은 수컷 홍어보다 암컷 홍어가 훨씬 비싸서 수컷 홍어를 잡으면 뱃사람들이 배 위에서 성기를 제거해버리기에 생긴 말일 것이다.

구 영산포역 앞에 새로 생긴 다리를 하나 건너자, 물큰하니 홍어 냄새가 코를 찌른다. 홍어 냄새에 끌려서 여기저기 골목길을 둘러본다. 대야에 담뿍 담아논 홍어들. 냉동실에서 막 빼냈는지 네모반듯하게 얼어 있는 홍어들. 지나다 보니까 홍어를 손질하는 사람들이 눈에 보인다. 몇십 년 칼질을 했는지, 쓱쓱 칼 나가는 것이 거의 예술가의 손길 같다. 칼 한번 지나가면 내장이 쫙 발겨지고, 또 한번 지나가면 먹기 좋은 홍어가 똑같은 크기로 접시에 담긴다.

"그라고 서 있지 말고 묵을지 알먼 한점 하고 가씨요."

한자리에 서서 보고 있다보니 홍어 한점 하고 가라고 권하는 사람이 있다. 홍어를 만진 지가 오십 년은 다 되었다는 윤태남씨(69세, 영산포)이다.

내가 숫기 없이 쭈뼛거리고 있는데, 그는 대뜸 홍어 한 점을 집어서 내 손에 쥐여준다. 코가 쩡하니 참말로 톡 쏘는 홍어 한 점에 울렁거리던 속이 시원하게 풀려버린다. 맛나다.

나는 아주 앉아서 몇 점 더 먹을 참으로 말을 몇 마디 붙이면서 도마 근처로 다가간다. 도마 위에 가지런히 썰어진 홍어. 그런데 보통 홍어들하고 다르게 까무잡잡하니 생긴 홍어들이 있다. 나는 그것을 들고 한 점을 한다.

"시방 묵은 것이 코때기여. 언원히(훨씬) 매웁제?"

묻지 않았는데, 내가 조금 전에 묵었던 부위가 코때기라고 가르쳐준다. 정말이지 훨씬 쏘는 맛이 강하다.

"쥔도 아님서 인심은 혼자 다 쓰네?"

칼질에만 열중해 있던 아주머니가 한마디 뱉는다. 알고 봤더니 내내 나에게 홍어를 권했던 사람은 맞은편 가게 사람이다. 이 집 쥔은 가게 입구 쪽에서 계속 홍어 살을 바르는 일을 하고 있는 이정남씨(52세, 영암군 망호리 출생)이다.

"우와마, 죄송합니다. 쥔 허락도 읎이 묵어부러갖고 우째사 쓰께라이" 했더니, 정색을 하면서 "갠찮해라. 그나저나 어서 오셨소?" 그란다.

"광주서 왔어요. 근디 요새는 국산언 보기 심들지라?"

"글제."

"이건 어디 꺼라? 칠레 산이 맛나닥 하듬마. 펭야 칠레 산이나 뉴질랜드 산이나 그라제라?"

"여그서는 뉴질랜드 산은 안 써요. 광주 같은 디서는 쓰기도 한닥 합디다마는 맛태가리가 읊어갖고…… 모다 칠레 산이나 우루과이 것만 쓰지라이."

수입산도 질의 차이가 분명하다는 설명이다. 칠레나 우루과이에서 들여온 것은 그나마 먹을 만한데, 뉴질랜드 같은 데서 온 것은 훨씬 맛이 못하다는 것이다.

전라도 지방에서는 삭혀서 먹는 음식이 유독 많은데, 홍어나 간제미가 그렇고, 수십 종이 넘는 젓갈들이 그렇다. 다른 데서는 별로 없는 이 삭은 음식들이 좋은 이유는 암만 묵어도 탈이 없다는 점이다. 삭는 과정에서 독소들이 다 없어져서 그럴 것이다. 틈만 나면 어패류에서 무슨 균이 발견되고, 식중독이니 뭐니 난리들을 치는데, 삭은 음식 먹고 고생했다는 이야기는 아직까지 들어보지 못했다. 음식을 삭혀서 먹는다는 것. 참말로 경이로운 기술이고 지혜다.

어디 홍어뿐이겠는가. 사람도 마찬가지라서 푹 삭은 세월 동안 만난 친구는 아무리 만나도 별 탈이 없다. 요새같이 무엇을 빨리빨리 만들고 버리는 때에 이 '삭음의 철학'에 귀 기울이는 것도 좋을 것이다. 어디 친구뿐이겠는가. 사랑도 삭은 사랑이 좋다. 물론 삭다가 잘못되어가지고 썩어버린 것하고는 구별을 분명히 해야겠지만, 삭은 음식, 삭은 사람은 언제라도 탈 없다.

널 타고 시름 캐러 갈거나

봉두 가니
난화 연화 들머리 열어
뼈 녹을 뻘 복촌이네

　와온과 궁항 사이의 바다는 낭만과 삶의 감상을 동시에 맛볼 수 있어
서 좋다. 대대포야 자식 잘 낳는 여자의 사타구니께 같지만, 와온의 바
다는 석양이 눈부셔서 일생을 수도승으로 산 여승의 이마 같다. 그리고
궁항쯤이면 슬그머니 농도 나오는데, 꼬막밭 조개밭이 많은 이 바다는
뻘이 넓어서, 품에 안아도 새로울 건 없지만 살정이 든 여편네 같다고
할까.
　와온을 지나치고 봉두를 지나니, 들녘엔 온통 바쁜 사람들뿐이다. 난
화 연화를 지나는데, 아까 지났던 봉두와 얽혀서 재미있는 생각이 든

다. 대가리 쳐든 그것과 활짝 핀 꽃들이라, 그래, 이 바다 갯것들 푸지게 쏟아지겠다, 마을의 이름들마저 합을 이루니 어찌 다다르는 마을이 복촌이 아니 될 수 있겠는가.

마침 물 빠질 때를 맞춰서 복촌에 닿는다. 썰물 때면 미처 빠져나가지 못한 고기들이 뻘 위에 나뒹군다는 말을 누군가로부터 들었기 때문이다. 재주 없는 사람이지만, 뻘밭에 뒹구는 고기 줍는 것마저 못 할까 싶어서 나선 길이다.

물이 빠지고 뻘은 드넓게 펼쳐진다. 마을 사람들이 모여서 공동 작업을 하고 있다. 꼬막 씨 심을 그물을 만든다고 한다. 갯가에서 자라지 못한 내 눈에는 모든 것이 생소하다. 아주머니 두 분은 널을 한쪽에 세워 두고, 조개 캐러 갈 채비에 바쁘다.

"어서 나왔소? 우리 찍을라고 그요? 테레비에 나올 모냥이네?"

살양말(스타킹)을 몸뻬바지 위로 올리고 장화를 신는데, 여간 강뚱해(가벼워) 보이지 않는다. 하기야 저렇게 준비를 하지 않으면 뻘밭에서 옴짝달싹하기도 힘들 것이다.

"테레비는 아니고, 기냥 사진 찍는 것이요. 요것을 무락 한다?"

짚으로 만들어진 똬리를 가리키며 물었더니, "널또바리, 널또바리, 주벅지" 그란다.

똬리를 '또바리'라고 하고 널일을 하면서 쓰는 똬리라서 '널또바리'라고 하는데, '주벅지'라고도 하는 것 같다. 참, 말이라는 것이 산 하나 넘으면 다르다고 하더니, 실감이 난다.

"우리 찍어갖고 머덜라고 그요?"

"기냥 찍는 거예요."

"그라먼 놀러 왔구마아."

"야."

"아따, 좋겄네. 아자씨 같은 사램 따라 살먼 을매나 좋까이. 요라고 놀러만 댕기고."

"아따, 어뚫게 놀러만 댕기고 산다요. 나도 이라고 사진 찍어갖고 가서 일을 하지라이."

"문 일을 하가니?"

"여그저그 댕김서 본 것을 갖고, 글을 써갖고 묵고 사요. 긍께 아짐니들이 쩌그 나가서 반지락(바지락) 캐는 것이나 매일반이지라이."

내가 일을 한다는 말을 들으면서도 '니가 문 일을 하가니, 일을 한다고 해야?' 하는 표정이다. 어지간한 일은 신찬하니(시원찮게) 보이기도 할 것이다.

"요것은 널이락 하지라? 언능 나가보씨요."

"아따, 무시 급하다고 그까이. 준비를 해사 나가제."

몸뻬 위에 살양말을 덧신고, 그 위에 장화를 신고도 부족해서 고무줄로 칭칭 여러 군데를 묶는다.

"그라고 감어불먼 피도 안 통하겄네."

"그래도 이라고 해사 일이 되제."

"그라긴 하요만. 그나저나 물 빠질 때는 짱에가 많닥 하듬마. 짱에 조간 잡어가사 쓰겄는디……" 했더니, 어이없다는 표정을 짓는다.

"짱에요? 아자씨가 널을 탈지 아요?"

"아따, 탈라먼 타겄제만, 어뚷게 요 옷 입고 뻘밭에 가겄소?"

"근디 문 수로 짱에를 잡어라아? 짱에가 잡어가라고 카만히 있가니."

"근닥 합디다아? 여그 어디 가먼 고랑에 짱에가 쌔부렀다고 글던디?"

"우덜은 몰겄소. 어디 짱에 있으먼 잡어보씨요."

"그나저나 아짐니는 어서 시집외겠소?"

"나요—?"

"야."

"여자만서 왔소."

대답을 하면서도 박정덕 아주머니(65세, 복촌)의 마음은 뻘밭에 가 있다. 이쪽 사람들은 '여자만'를 발음할 때 '여' 자에다 방점을 찍는데, 남자 여자 할 때의 여자와는 사뭇 다른 발음이다. '여—자만'은 멀지 않은 곳에 있는 포구다. 펭야 와온과 궁항 사이에 있다.

"가찬(가까운) 디서 외겠구마이."

"모도 글지라이. 무슬 안 것이 있다고 벨 것이 있겄소. 잘났으면 광주나 서울로 갔겄제만……"

"광주나 서울로 가면 벨다르다요."

"아, 여물면 그란 디 가서 아자씨 같은 사람 만나 재미지게 살었을 것인디……"

"우와마, 나 같은 사람 만나먼 재미지게 산다요? 외레 더 고상이제."

"무시 그란다? 이라고 놀러 댕김서 사진이나 박고 그라먼 재미지제이. 에고."

엉뚱한 이야기들이 자꾸 길어진다.

"안즉 멀었소?"

나는 아주머니들이 널 타는 모습을 사진으로 찍고 싶어 마음이 급하다. 구름 속으로 들어간 해는 낳은 지 두어 시간이 지난 달걀처럼 온기가 약하다.

"인자 다 돼가요."

"요것은 무시락 한다아?"

동이 위에 그물망을 씌우기에 달리 그것을 칭하는 이름이 있나 물었더니, "요거? 동우 덮는 거" 그란다.

동이에서 동우까지는 거리가 참 멀다. 그만큼 우리네 사는 모습도 천차만별이다.

"하레 얼매썩이나 캐요?"

"음마나 캔다아? 마을에서 정해준 대로 캐제."

뻘밭이 마을 공동의 것이라서, 마을에서 일정량을 정해주면 그만큼만 캐고 나온다고 한다. 요즘은 한 차뎅이(포대)씩을 캐는데, 반지락 한 차뎅이에 오만원쯤 한다.

"언능, 언능, 들어갔씨요오―"

일하고는 별 관련도 없는 사람이 나서서 일을 재촉하고 있으니, 웃음이 나온다. 내가 재촉하는 소리를 하였더니, 아주머니들도 웃는다.

"참말로 아자씨가 영판 재미지구마이. 이란 사람하고 사는 각시는 을매나 졸까이."

난데없는 칭찬이다. 인사치레로 하는 말이더라도 칭찬 듣고 기분 나쁜 사람은 없을 것이다.

준비를 마친 아주머니들이 널을 타고 반지락을 캐러 간다. 반지락도 동물인데, 밭에서 캔다. 그러고 보면 뻘밭이란 밭도 어지간하지 않은 밭이다. 식물이고 동물이고 할 것 없이 캘 것들뿐이니 말이다.

널이라는 것도 그렇다. 저승 갈 때 타는 것이 '널' 아니던가. 갯가에서 사는 사람들은 살아서 바다로 나가는 널을 타고, 죽어서는 산으로 가는 널을 탄다. 살아 있는 널이 바다로 향하며 길게 길을 만들어놓는다. 바다로 가는 널을 타는 동안에는 늘 살아 있는 것이다.

널을 타고 바다로 향하고 싶다. 거기서 물오른 반지락을 캐면서 일생을 보내고 싶다. 내가 낸 길 위로 햇살 쏟아지리라. 서산으로 향하는 태양빛이 쏟아져서는 소금내 물큰하니 코를 스친다. 살아 있다.

아짐언 얼굴만 꽃인지 알었드니,
이름도 꽃이요이

비탈밭에는 몇 사람의 아낙이 꾸물거리며 일을 하고 있다. 손놀림을 빠르게 하면서 무슨 작물의 잔 줄기를 쳐내는데, 물어보니 딸기라고 한다. 그 말을 듣고 보니 참말로 딸기 줄기다.

"시방 뭇 하요?"

"딸기 모종 맹기요."

대여섯이 앉아버리면 다 차버릴 것 같은 밭인데 덕석만한 엉덩이 몇 개를 깔았어도 두어 평이나 남았다.

"뭇 딸기가 요새도 다 있다아?"

"긍께 요라고 모종얼 맹길아사, 멩년에 딸기가 나오지라이."

"그란다아?"

"글먼 딸기 낭구도 읎이 딸기가 나온다요?"

여태까지 양딸기는 씨에서 나오는 것으로 알고 있었던 내 눈에는, 진기한 풍경이다. 줄레줄레 넝쿨을 뻗는 딸기 줄기를 적당히 잘라내는 아주머니들은 가을 하늘 해보다도 환하게 웃는다.

"그나저나 새참언 안 묵으요?"

"조깐 지달려보씨요. 곧 나오 껏이요."

"여기 있으먼, 새참 주요?"

"아, 여가 있다먼사 몇 날 메칠인불로이(인들) 밥이사 안 줄랍디요?"

"글먼 역서 일래(계속) 살어불먼 쓰겄소이. 밥언 안 궁기 꺼 아니요?"

"그라겄지라. 하하하."

"글먼, 아조 역다 집 짓고 살어부러사 쓰겄구마이."

"그라씨요."

말대꾸를 하던 체크무늬 모자의 아주머니는 두둑을 바꾸더니 멀어져가버린다.

"아니, 그나저나 요 딸기 낭구도 펭야 올해 열매 맺었을 거 아니요?"

"그랬제라."

이참에는 노랑 수건을 두른 아주머니가 말을 받는다.

"글먼 딸기 재배한 사람들이 모종얼 안 뽑아불먼 되 꺼 아니요?"

나는 어떻게 딸기 모종이 판매가 가능한지 이해할 수가 없어서 물어본다.

"그 사람들언 딸기만 싱긴다아? 어떻게 한 불(벌) 농사럴 해묵고 산다아?"

답은 의외로 솔합다(쉽다). 땅은 정해져 있어서 두 벌 세 벌 벗겨 먹어야 되는데, 딸기만 심어서는 안 된다는 말이다.

"그나저나 여그 쥔이 어뜬 양반이요?"

"나요, 나."

나서는 아주머니는 젊어 보인다. 멀리 있는 감나무의 익은 감처럼 그녀의 얼굴도 건강하게 그을었다. 올해 마흔다섯이라는 능주떡 이홍화 씨다.

"아따, 아짐언 얼굴만 꽃인지 알았드니, 이름도 꽃이요이."

환하게 웃는 얼굴에 나의 시름도 씻긴다.

"그나저나 모종 하나에 을매썩이나 한다요?"

"몰겄소야. 작년에넌 팔십원썩 했는디, 올애넌 육십원도 하고 칠십원도 하고 그란갑습디다."

"그나저나 새껏(새참) 안 주요?"

"조깐만 지달리씨요이. 그새 갖고 올랑께."

일어나는 품이 나 때문에 새것을 가지고 올 참인 거 같다.

"아니, 농담이요야. 여그 빵 조깐 있는디, 맛이나 조깐 보씨요이."

나는 차에서 빵 몇 덩이를 꺼내온다.

"고맙소야."

"욕 보씨요이."

돌아서는 마음속은 벌써 붉은 딸기들이 허벌나게 많은 딸기밭이다.

무라라 안 이쁜 이름얼 알라고 그라까이

아이와 함께 집 근처의 공터로 향한다. 습관처럼 다녔던 곳이다. 석양이 지고 있다. 역시 해지는 모습은 가을에 봐야 한다. 모든 것이 여물고 가닥나는 시간이다. 얼마 전에 두둑을 짓고 씨를 뿌렸던 채소밭에는 푸름이 넘실거린다.

무와 배추는 품을 넓히고 고추와 가지는 철이 지났다. 밭 모서리에 한 사람이 앉아서 무잎을 다듬고 있다.

"뭐 하세요?"

"조깐 솎았소."

"여그넌 아짐 밭이요?"

"야."

"문 농사럴 요라고 못 지섰으까?"

"가물아갖고 올해넌 무시든 안 돼부요야."

102

나는 걸음을 옮겨다니면서 말을 건넨다. 한 평 남짓 차지하고 있는 토마토도 이제는 한물이 갔다. 여물지 못할 열매를 달고 어둠을 받아들이고 있다. 올해 예순일곱이라는 순천 아짐은 손놀림이 빠르다.

"그나저나 이름이 무에요?"

"성은 박인디……"

말꼬리를 흐리는 것이 쉽게 이름을 말해주지 않을 것 같다.

"어디 박씨요?"

"함안이라."

"와마, 양반 집이구마. 근디 이름언 무요?"

"이름언 읎어."

"긍께 이름언 읎어요? 박읎어?"

"야."

"문 그란 이름이 다 있다요?"

"이름이 너머 물짜서……"

"이름얼 놓고도 물짜다넌 말을 쓰요이잉ㅡ"

"야."

'물짜다'는 말은 '물건의 질이나 상태가 좋지 못하다'는 뜻으로 쓰인다.

"와마, 아짐니는 얼굴이 참말로 곱소이. 저번에 어디 갔드니, 똥례라넌 이름도 있고, 어뜬 어르신은 꼬순이란 이름을 씁디다."

"꼬순이. 그라제. 꼬순이도 있고, 꼬술이도 있고, 꼬실이도 있고 그라제."

낯선 마을에 가더라도 쉽게 만날 수 있는 이름들이다.

"그래요이. 글면 아짐 이름언 끝순이요?"

"끝순이? 와마, 말 안 한당께. 너머 물짜갖고, 말 안 한당께넌 그라네이."

"이름얼 알어사 데이트럴 신청하든가 그라 껏 아니요. 쩍서 우리 아들언 언능 나오라고 소리해싸구마이."

"언능 가씨요."

"나−가 지금 아짐 이름 안 알고 갈 것 같으요?"

"하−마, 징합네이. 무다라 안 이쁜 이름얼 알라고 그라까이."

하지만 그녀의 표정은 환해져 있다. 서산으로 쑥 스밀 것 같은 저녁 해는 그야말로 불덩어리다. 지는 해의 색깔을 그대로 표현할 수 있는 화가가 있다면 그는 위대한 자일 것이다.

"그나저나 이름이 무요?"

"하−마, 박꽁례요, 꽁례."

"징하게 이쁜 이름임마이. 무다라 고라고 숭겠소?"

"이뻐요?"

"겁나 이뻐요안."

말을 하면서도 그녀의 눈은 자신이 다듬고 있는 무 무더기에 있다.

여기저기 다니면서 할머니나 아주머니들 이름을 들을 때면 싱그러운 느낌이 들 때가 많다. 이름만으로도 그 사람이 언제 어떤 환경에서

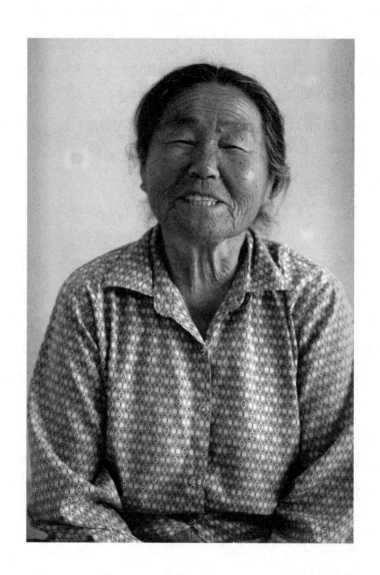

태어났는지 짐작을 할 수 있기 때문이다. 마치 아이의 특성이나 그 지방의 생활환경이 그대로 반영되어 있는 인디언의 이름 같다. 담양에서 만났던 김쌍둥이 할머니, 서산에서 만난 장불떡 할머니, 화순에서 만난 이꼬막네 아주머니, 광주에서 만난 박꼬순 아주머니 등 참으로 정이 가는 이름들이다. 하지만 이렇게 순 우리말로 된 어여쁜 이름을 가진 당사자들은 자신의 이름을 부끄러워한다. 꽤 많은 토속어가 속어로 되어버린 것과 같은 맥락일 것이다.

몇 년 전 '꼬순이'라는 이름을 가진 할머니를 만났던 장면이 떠오른다. 그날은 여름이었다. 담양 반룡리에 들어서자, 사람들이 분주하게 오가고 있었다. 몇 년 전과 다르게 마을에는 식당과 카페가 들어서서 시골 마을 같지 않았다. 마을을 한 바퀴 돌고 나오는데, 언덕 위 밭에서 어떤 사람이 김을 매고 있었다. 가까이 가보니 콩밭을 매고 있는 할머니였다. 사진을 한번 찍자고 하니, "물라고 찍어요?" 하면서 손사래를 쳤다. 그래도 사진 한 장 찍겠다고 양해를 구하고 연세를 물으니, "많이 묵었어요" 그랬다. "팔십……" 하고 운을 떼자, "야닯이요" 하고 대답하였다. 여든여덟이라는 나이가 저 멀리 있는 듯, 그녀는 정정했다. 콩보다 높이 자란 지심(잡초)을 매는 팔에 힘이 넘쳤다. 성함을 묻자, "무요?" 그랬다.

"이름이요, 이름. 함자!"

"박꼬순이요."

"박호순이요?"

"아니어라우. 박꼬순이랑께."

그때서야 나는 그녀의 말을 알아들었다.

"우째서 박꼬순이락 했다?"

"몰라요. 기냥 꼬숩다고."

'꼬숩다'는 '고소하다'와 같다.

또 며칠 전에 강진 미산에 갔을 때 만났던 조햇잎 할머니도 생각난다. 할머니 한 분이 시멘트로 된 수로에 앉아 있었다. 몸뚱이보다 큰 가방에는 무언가가 잔뜩 들어 있었다. 할머니는 장을 봐오는 길이었다. 야든일곱 자셨다는 할머니의 오른쪽 손목에 커다란 상흔이 남아 있었다.

"손이 많이 아프시네요?" 하였더니, "디쳐부렀어"라고 대답했다. '디치다(데치다)'는 말은 나물이나 야채를 뜨거운 물에 담가 숨 죽일 때나 쓰는 말이다. 이름을 여쭸더니, "푸났네, 조푸났네"라고 하였다.

얼른 이해되지 않아 다시 물었더니, "햇넙이. 조, 햇, 넙이"라고 대답하였다.

"아, 새로 파랗게 난 잎이라고, 햇잎이라 했다고요?" 하였더니, 그렇다고 하였다. 할머니의 이름을 알아낸 것만으로도 푸지고 따순 날이었다. 먹감나무 햇잎이 눈물겨운 연두색으로 순하게 자라나는 날이었다.

이렇듯 한 사람의 이름을 안 것만으로도 행복감으로 충만한 날이 있다. 나는 말없이 아주머니의 빠른 손놀림만 바라보고 있다. 어쩌면 꽁례 아주머니는 막내일지도 모른다. 그녀의 부모님은 아이를 그만 낳아야겠다는 생각으로 아주머니의 이름을 이렇게 지었을 것이다.

"요새넌 농약얼 안 치먼, 요라고 돼부러갖고 해묵을 것이 읎단 말이요."

그녀의 손끝을 따라가니, 구멍이 숭숭 뚫린 무잎이 보인다. 흔히 이곳 말로 '곤자리(장구벌레)' 묵었다고 하는 병이다. 요새는 농약을 안하면 이렇게 된다는 말에서 나는 '이전에는 농약을 하지 않아도 이 정도는 아니었다'는 말을 읽는다. 농사짓기 편하게 하기 위해 치던 농약이 세균과 벌레들의 내성을 길러줘서 이제는 어지간한 농약으론 채소들의 병이 낫지 않는다.

모기나 쥐들도 그들을 위협하는 극약이 독해진 만큼 강해졌다. 처음 농약을 뿌렸을 때는 아주 적은 양의 독극물도 치사량이었을 것이다. 그러나 인간이 원하지 않는 생명체들도 강해져서 이제는 무 배추만 가꾸려 해도 이전과는 비교할 수 없이 독해진 살충제와 살균제를 써야 한다.

그 말은 곧, 우리 인간들도 더욱 독해진 독극물을 간접적으로 섭취해야 한다는 뜻이다. 무언가를 죽이려고 사용했던 극약들이 이제 우리를 죽이러 오고 있다.

언제까지 이런 상극의 농사법이 사용되어야 하는지 답답할 뿐이다. 어떤 것을 죽이려 하지 말고 살리려 하는 농사법은 없는 것일까.

더 멀리 바라보고 모두가 살 수 있는 길을 선택하는 것, 그것만이 인간의 오만이 가져올 재앙으로부터 벗어나는 길일 것이다.

우리 야가 찔떡해갖고 징그랍게 좋당께

가까운 곳에 산이 있어 거의 날마다 오른다. 이따금 아는 얼굴을 보기도 한다. 고개를 숙이기도 하고, 인사말을 건네기도 한다. 앞서 걷던 사내를 제쳐 걷다가 한참 동안 소나무를 기어오르는 넝쿨을 보고 있었더니, 어느새 그 사내가 다가와 말을 건넨다.

"이것이 무요?"

"담쟁이덩굴 종류가 아닐까요?"

그것은 아닐 것이라면서 고개를 젓는 사내와 나란히 오르막길을 간다. 장군봉 산마루에 오르니 여러 사람이 보인다. 산불 감시 초소가 있는 이곳에는 여러 개의 의자가 놓여 있다. 체조를 하거나 발차기를 하는 사람들도 있고, 둘씩 셋씩 짝을 지어 의자에 앉아 있는 사람들도 있다. 시내가 내려다보이는 한 의자에는 대여섯 명의 아주머니들이 이야기를 나누고 있다. 인사를 하자 그중의 한 분이 말을 건넨다.

"근디, 아자씨는 기림 기리는 사람잉갑소이잉—"

"그쪽은 그쪽인디, 그림 그리는 것은 아니고요. 글 쓰는 사람이요."

가운데 자리를 비워주더니, 이내 자신들의 이야기를 계속한다. 서로 잘 아는 사이인가보다.

"내가 날싸갖고 따기를 하러 댕겠는디, 따기가 물 있는 데 많단 말이요. 놈들보담 몬야 가야 하니께, 담박질을 잘했제."

한 아주머니의 말에 '따기'가 뭐냐고 내가 묻는다.

"아, 종우 맹기는 거."

"아, 닥나무요?"

"그라제."

영암이 고향이라는 그 아주머니는 색다른 말을 선보이기도 하면서, 말을 조리 있게 잘한다.

"그걸로 종이도 맨들고 그랬어요?"

"어찧게 맨깅가는 몰라도, 그것으로 맨길면 문도 볼르고 그랬제."

그때 가만히 앉아 있던 한 사람이 길 쪽을 향해 말한다.

"오메, 여그는 어짠 일이요?"

사람들의 시선이 일제히 올라오고 있는 사람에게로 쏠린다.

"이, 우리 시누!"

아까 말했던 사람이 한마디를 덧붙이자 저마다 고개를 끄덕인다.

"아, 거시기, 집 좋다는 거그?"

그러자 시누이와 올케가 동시에 고개를 끄덕인다.

"얼로 올라왔소?"

"쩔로 돌아서 왔구마. 저번참에 욜로 올라왔더니 깔끄막(비탈)져갖고 허가야박가야해갖고."

"그라제. 욜로 오먼 허가야박가야하제."

시누이와 올케는 '헉헉거린다'는 말을 '허가야박가야' 한다고 한다. 한참 지나 둘의 대화가 끝나자, 한 사람이 기다렸다는 듯이 말을 꺼낸다.

"요새 물외(오이) 싱기기에는 늦었제?"

"인자 씨갓 싱구먼 늦어불제. 어디 모종 있다면 몰라도."

그때 나이가 가장 많아 보이는 아주머니가 말을 꺼낸다.

"물외 싱글라먼 우리 야 조깐 주께. 우리 야가 쩔떡해갖고, 징그랍게 좋당께."

길쭉하다는 뜻으로 '쩔떡하다'는 말을 썼겠지만, '쩔'과 '떡'이라는 말을 듣는 순간에 찰떡처럼 끈끈한 정이 느껴진다.

그네 타는 할머니

아이와 놀이터에 갔더니 웬 할머니 한 분이 그네를 타고 있었다. 멀리서 보아도 등이 굽은 것이 웬만한 나이가 아닐 것 같은데, 할머니는 약간 구부정한 자세로 서서 그네를 타고 있었다.

"아빠, 나도 그네 탈래. 근데 자리가 없어."

"저기 할머니 옆에 빈자리 있잖아."

"어디? 없는디?"

아이의 말씨에는 사투리가 약간씩 섞이곤 한다. 할머니가 탄 그네가 왔다갔다하는 바람에 빈 그네가 잘 보이지 않는 모양이다.

"할머니한테 비켜달락 해라."

놀이터 입구 쪽에서 운동을 하고 있는 할머니들이 웃으며 말을 하였다. 가만 보니 어스름이 깔리기 시작한 놀이터에는 대여섯 명가량의 할머니들이 이곳저곳에서 놀이기구를 타고 있었다. 지구의를 돌리는 할머니, 철봉에 매달린 할머니, 빠른 걸음으로 놀이터를 돌고 있는 할머니. 몇몇 아이들이 미끄럼틀을 타고 있었지만, 놀이터에 있는 대개의 사람은 할머니들이다. 눈에 익은 풍경은 아니지만, 미소가 지어졌다. 아이와 함께 그네 쪽으로 갔더니, 그네를 타고 있던 할머니가 쑥스러운지 그네에서 내려오려 하였다.

"그냥 타세요. 보기 좋은데요."

할머니는 그네에서 내려서려다가 다시 그네 위에 서서 흔들흔들하였다. 할머니의 그네 옆에 아이를 태웠다. "무섭지?" 하였더니, 안 무섭다고 하였다. 나는 아이의 그네를 높은 곳으로 밀어주었다. 균형을 잘 잡지 못한 아이의 그네가 갈지자로 오르락내리락하였다. 아이의 옆에 선 할머니는 소녀처럼 붉은 볼을 한 채로 서서히 그네를 타고 있었다.

나는 다시 아이의 그네를 힘차게 밀면서, "이래도 안 무서워?" 하였다. 아이는 "안 무서워! 근데 아빠, 더 높이 올라가면 하늘까지 갈 수 있지이?" 하였다. 아이를 밀어주는 것을 그만두고, 약간 떨어진 곳에서 아이와 할머니가 그네 타는 모습을 지켜보았다.

"아빠, 또 밀어줘."

아이의 그네를 다시 미는데, 할머니는 그네에서 내려와 지팡이를 잡았다.

"더 타지 그러세요?"

"아니, 심들어서 못 타겠어요. 전에는 쩌 높이까지 올라가고 그랬는데……"

할머니는 하늘 쪽에 시선을 두고 미소를 지었다. 더 높이 올라가면 하늘까지 올라갈 수 있을 것이라는 아이처럼, 할머니도 그런 생각을 가지고 그네를 탔던 시절이 있었을 것이다. 창포에 머리 감고, 집 안 감나무에 매달린 그네를 타며 담 너머를 훔쳐보았을 할머니의 어린 시절은 어떠했을까? "엊그저께 같은디……" 말하는 할머니의 눈동자에 나무 그림자가 가지를 쳤다. "그래도 더 타시지……" 아쉬워하는 내 말에 할머니는 손사래를 쳤다.

"이것이 널판 같은 것이 있어사 쓰는디, 옴팡해갖고 발이 아프고, 요거이 쎄(쇠)라서 여간 심드요."

그네의 바닥이 판판하지 않고 움푹 들어가기 때문에 두 발을 조여서 힘이 들고, 손으로 잡는 그넷줄이 쇠이기 때문에 차가워서 오래 잡고 있기 힘들다는 것이었다. 관리하기 편하게 만들어둔 요즘의 그네가 타기에도 좋은 것은 아니다. 새끼줄에 나무판자는 아니더라도 동아줄에 넓은 판으로 바닥을 한 그네는 그네 타는 이들을 편안하게 해주는데, 타이어 쪼가리에 쇠줄을 단 그네는 타는 데 불편하다. '쓰는 자' 위주가 아니라, '만드는 자'와 '관리하는 자'를 위한 놀이기구는 인간적이지 못하다. 고무신을 신고 지팡이를 잡고 나니, 할머니는 그네를 타는 소녀가 아니라 어느새 허리가 구부러진 노인이 되어 있었다.

"연세가 어떻게 되세요?"

묻는 것은 그네를 탔던 할머니에게 향해 있었지만, 대답은 다른 곳에서 흘러나왔다. 어느새 곁에 와 있던 다른 할머니 중 한 명이, "팔십이다아" 나서서 답을 한 것이었다. 팔십 나이에 그네를 타는 할머니를 놀라운 눈으로 바라본 것은 나만이 아닌 것 같았다. 그네를 탔던 할머니는 무엇이 부끄러운지 서둘러 자리를 피하려는 기색이고, 대신 대답을 하였던 할머니는 무척이나 부럽다는 듯한 눈빛이다.

"고향은 어디세요" 물었더니, "나주요"라고 말하면서 "거그 배꽃 존디" 하였다.

'배가 유명한 데'도 아니고, '배꽃 좋은 데'라는 말에서 할머니의 마음을 읽었다. 할머니는 순간이나마 배꽃 좋은 고향에서 그네를 높이 타곤 했던 시절을 떠올렸을 것이다. 나는 그이의 추억을 더 연장해주고 싶은 마음에 한마디 더 하였다.

"나주 어디요?"

"금촌이요."

내 머릿속에도 배꽃 흩날리는 봉황, 세지, 금촌 어디쯤의 풍경이 선연하게 그려졌다. 배꽃이 소나기처럼 쏟아지는 날이면, 아리던 가슴도 꽃잎 날리듯 훨훨 날개를 달던 봄날의 풍경. 어리어리 꽃 날리는 어느 봄날 그네를 탄 소녀의 가슴에는 무엇이 있었을까. 날리는 배꽃이 소녀의 눈에 붙으면 눈동자가 되고, 소녀의 입에 붙으면 입술이 되고, 볼에 붙으면 볼이 되었을 것이다. 그러면 배꽃의 눈과 입, 배꽃의 귀와 볼을 한 소녀는 꽃잎처럼 달싹이는 가슴속에 셀 수 없는 꿈을 수놓았을 것이다.

"참말 그 짝으로 가면 배꽃이 좋지요."

나의 말투도 어느새 할머니를 닮아 있었다.

"함자가 어떻게 되세요?"

하였더니, 귀를 내 입 가까이 대었다. 연세가 연세인 탓에 작은 목소리는 들리지 않나보았다. 나는 꽃잎 같은 할머니의 귀에 대고 말을 하였다.

"성함이요, 성함. 이름!"

그렇게 말하자, "야, 박애순이다요" 하였다.

"애요, 예요?" 하였더니 한자까지 대주었다.

"애순이다요, 애순이. 사랑 애(愛) 자에 순할 순(順)이다요."

자신의 이름을 말하며 꼭 남의 이름 가르쳐주듯 하는 것은 이 지방 사람들의 오랜 말버릇이다. '순한 사랑'이라. 꽃 이름과 다르지 않다는 생각이 들었다. 어둑발 내리는 길로 천천히 지팡이를 짚고 집으로 향하는 할머니의 등뒤에서 문득 배꽃 향내가 물큰하게 났다. 어쩌면 할머니는 '거그 배꽃 존 디'로 천천히 걸어가고 있는 것이리라.

쓸쓸매미와 삼반냉반요시가 있넌 옥정분교

익산에 살고 있는 박성우 시인을 만나 전북 쪽을 돌다가, 그가 꼭 보여주고 싶은 그림 같은 학교가 있다고 하기에 찾아간 곳이 '옥정분교'다. 걸어서 가야 정취를 느낄 수 있다 해서, 차는 마을 아래 길가에 세워두고 터벅터벅 언덕을 올라갔다.

길은 시멘트로 포장이 되어 있지만, 한쪽은 산이고 다른 쪽엔 다랑치(다랑이)들이 있는 별다를 것 없는 시골 마을이다. 도로 포장은 되어 있지만, 도시가 아닌 탓에 공기마저도 다르게 느껴진다.

"여그 옹께는 그래도 개망초꽃보담, 쑥부쟁이꽃이 더 많다야" 하면서 싸복싸복 길을 올라간다. 누군가 깔을 베어갔는지 잘 깎인 논둑들, 이삭이 팰 동 말 동하는 나락들, 그리고 석양이 비친 옥정호 물은 시리도록 맑다. 풍덩 하고 내 안의 시름들이 물속에 빠져버린 것 같다. 매미가 운다.

"조것을 우리넌 삐쪼시락 했는디, 북도에서는 무라고 했으까?" 박시인에게 묻는다.

"우리는 참매미넌 똘람매미락 했고, 조것은 삼반냥반요시라 했어요."

"아따, 그 말 재밌다이."

"삼반냥반요시 하잖아요."

그 말을 듣고 보니 우리 마을에서도 비슷한 이름으로 부르기도 했다는 것이 떠오른다. 고향에서는 '삐쪼시' 를 '삼정양반여시' 라고도 불렀는데, 마을에 '삼정양반' 이라는 택호를 지닌 분이 있었기 때문이었던 것 같다.

"짜구대낭구넌 짜구대낭구(자귀나무)락 했고, 간지막낭구(배롱나무)도……, 역서도 간지막낭구락 하듬마."

"거그서도 간지막낭구락 해요?"

"이, 충청도 짝에서넌 간지람남무락 하고."

나무 이름 풀이름 하나씩 들먹이면서 담배 한 대 참이나 올라가니, 대차나 무슨 그림 속 같은 학교 하나가 나온다. 매미가 울어대서 누구 말대로 수백 대의 용접기가 하늘을 지지는 것 같다.

"해바라기가 너무 이쁘게 폈네이."

"오모메, 나리꽃 조깐 봐라."

누구 입에선지 감탄사들이 즐비하다. 금방 부서질 것 같은 단상에 올라가서 몇십 년 전 교장선생 흉내를 내보다가 사진을 찍고 있는데, 어디서 "안녕하세요" 하는 소리가 들린다. 고개를 돌려보니 아이들 셋이 걸어오는데, 가장 어려 보이는 아이가 큰 소리로 인사를 하면서 우리 쪽으로 오고 있다.

"이, 이, 느그 이 학교 댕기냐?"

물으면서 보니 제일 작은 아이의 손에 '피리벵(고기 잡는 도구)'이 들려 있는데, 그 안에 매미들이 잔뜩 들어 있다. 어림잡아보아도 서른 마리는 될 성부르다.

"문 매미럴 이라고 많이 잡었냐?" 묻는데 대답은 않고, "아저씨들은 뭐 하세요?" 그란다.

"이, 사진 찍은다."

그렇게 온 녀석들은 한참 동안 우리 주위에 서 있다. "이름이 무냐?" 물으니, "홍명준이요" 한다. 그놈 대답 소리 하나는 기차 화통 같다, 생각하면서 다른 아이들 이름을 묻는데, 대답 소리가 작다. 가만 보니 닮은 구석이 있어서 형제냐고 물었더니, 그렇다고 한다. 홍민호(오학년), 홍성준(삼학년), 홍명준(일학년). 이렇게 셋이서 한 형제간이었던 것이다. 찬찬히 보니, 녀석들의 얼굴이 '쌍노루맨이로 탁했다(닮았다)'.

인자 일학년인 명준이가 가장 활달해 보여서, "니넌 커서 무시 될래?" 했더니 경찰이 되겠다고 하는데, 고놈 톡 '끼레지는(분명한)' 말투하며 이글거리는 눈빛으로 보아 경찰도 그냥 경찰 말고 서장이나 청장을 해묵을 성싶다. 민호는 의사가 꿈이고 성준이는 축구선수가 꿈이라는데, 한눈에 보기에도 개성들이 뚜렷하다.

그런데 요새 같은 시절에 삼형제가 이렇게 작은 학교에 같이 다닌다는 것이 뜻밖이다. 그래서 내가 "늬 아부지는 뭇 하시냐?" 했더니, 또 땡그라니 대답을 하는 것은 명준이다.

"벌 밥 줘요."

나는 첨에 녀석의 말뜻을 알아듣지 못했다. 그래 다시 물으니 벌에게 밥 준다는 얘기다. 그래 올라오다 보았을 때 벌 키우는 집이 하나 있었는데, 그 집 아이들일까 싶어서 물었더니 데차나 그 집 아이들이다.

피리뱅 속에 든 매미들은 울고, 피리뱅 밖에서도 매미는 울고, 해는 지고, 풍경은 호젓하다.

교정 한쪽에 있는 체험학습장으로 가보았다. 가지며 고추며 호박 등이 있는데, 잘 키운 덕에 족히 한 살림 차리고도 남게 보인다. 터벅터벅 걸어가면서 삼나무에 붙은 매미 몇 마리 잡고 다시 살려주고, 그렇게 갈담초등학교 옥정분교의 교문을 나서니 목이 탄다. 걸어내려오는 길에 쑥 연기를 뿜으며 벌통 근처에 서 있는 명준이 아버지에게 물을 청하니, 냉장고 속에 넣어둔 시원한 물을 한 통 꺼내준다.

"그나저나 아그들이 여간내기가 아닙디다" 했더니, "하하. 그래요" 하고 만다. "명준이넌 참말로 큰일 하겠습디다" 한마디 더 붙이니, "뭘요" 하면서 조금 수줍어한다.

해는 아주 져서 어스름이 깔리는데, 동행한 박성우 시인이 자꾸 까재를 잡자고 해가지고 또랑에 들어가 돌을 몇 개 뒤집어보는데, 가재

120

는 고사하고 고동도 없다. "혹 명준이라면 모르까 우덜 손에 잽힐 까재가 어디 있겠냐?" 하면서 돌아오는 길에, 자꾸 명준이의 얼굴이 떠올랐다.

카메라 가방이 김치통으로 바뀐 사연

바다를 보고 싶다는 동무들과 함께 회진에 갔다. 오후 늦게 회진항에 도착해서 항구 근처를 차로 돌았다.

"이곳은 이청준 선생의 「선학동 나그네」의 배경이 된 곳이고, 저 섬은 이청준 선생과 한승원 선생의 소설에 자주 나오는 금섬이다."

이청준 선생의 생가가 있는 진뫼마을을 거쳐, 한승원 선생의 생가가 있는 덕도 신리마을로 향한다.

"아따, 마을이 이상(예상 밖으로) 크구마이."

한적한 어촌을 생각했었는지, 신리마을의 규모에 놀란 한 친구가 말하였다. 마을 앞에 차를 세우고 한승원 선생의 생가까지 걸어갔다. 마을의 맨 뒤에 있는 파란 양철집. 한국현대문학의 거목이 태어난 집이지만, 집은 조그마하다.

일행들과 함께 이내 이 땅의 정남진이라는 신동마을로 향했다. 신동

바다나 신리 앞바다나 한 덩어리이다. 방파제에 서서 가슴앓이섬을 바라보았다.

"참말로 저 섬 보면서 가슴 애린 사람 많겄다."

"왜야?"

"딱 보면 몰겄냐? 통통배 타고 가서 연애하기 좋았겄냐안."

한 친구의 말에 모두 껄껄거리고 웃었다. 그랬다. 가슴앓이섬은 겉으로 드러내지 못할 사연이 퍽도 많을 것 같았다. 어느새 천관산 너머로 해가 지고 있었다. 다시 회진으로 가서 방을 잡는데, 여관 잡기가 수월하지 않았다. 토요일이었던 탓이다. 두세 집을 허탕친 끝에 허름한 여관방에 짐을 풀었다. 저녁을 먹으러 나오면서 여관 주인에게 카메라 가방을 맡겼다. 횟집에 앉아 일 킬로그램을 시켰는데, 나오는 양은 삼 킬로그램이나 되어 보였다. 셋이 앉아 양껏 먹었는데도 회 접시는 좀체 비워지지 않았다.

"아따, 먼 노무 회를 이라고 많이 줬다냐?"

"우리가 입이 짜루와서(짧아서) 그라제, 잘 묵는 사람 한나만 찡게(끼어)부렀어도 바닥났을 껏이다."

"그래도 많긴 많구마."

저마다 한마디씩 하였다. 방파제가 있는 곳으로 걸어나가 파도 소리에 취했다가 여관으로 돌아와 잠을 잤다.

허술한 여관방은 방음시설이 시원찮아서 햇살이 눈을 뜨게 하는 것이 아니라, 소리가 먼저 귀를 열었다. 부스스 일어나 짐을 챙기고, '어디로 가볼끄나?' 하면서 방을 나섰다. 어제 맡긴 카메라를 찾을 요량으로 카운터 유리창을 두드렸더니, 어제저녁의 아주머니는 보이지 않고, 나이 많은 할머니 한 분이 유리창을 열었다.

"할머니, 카메라 가방 찾일라고 근디요이." 내가 말했다.

"무요?"

"카메라요, 카메라. 사진기 가방 맽게놨는디."

내 말을 들은 할머니는 안쪽 서랍장 밑에서 무언가를 꺼냈다. 가방은 가방이었는데, 조그만 손가방이었다.

"아뇨, 할머니. 이렇게 생긴 가방인디."

나는 손으로 사각형 모양을 만들어 보였다. 내 말을 들은 할머니가 방구석 쪽으로 가더니, 커다란 나무상자를 들고 왔다. 나는 웃음이 나왔다. 그 나무상자는 혼자서 들기에는 버거워 보일 정도로 큰 것이었고, 손잡이도 없었다.

"할머니, 그것 말고요. 가방이요, 가방."

내 말을 들은 할머니는 눈을 말똥거리더니 다시 돌아섰다. '이번에는 찾아주시겠지' 하는 생각으로 할머니의 모습을 보고 있었더니, 갑자기 냉장고 문을 여는 것이었다. '무엇 때문에 카메라 가방 찾다가 냉장고 문을 열까?' 하면서 보고 있었더니, 할머니는 냉장고에서 거의 빈 김치통을 꺼내고 있었다.

"아니, 할머니 머 하시는 거예요. 아아따, 카메라 가방이랑께는……"

할머니가 자리를 지키고 있는 것으로 보아, 주인 여자는 밤새워 일을

하고 잠들어 있을 터였다. 나는 애가 타서 할머니를 바라보고 있었다. 밖으로 나갔던 동무들이 '무슨 일 있냐?' 는 표정으로 되돌아왔다.

"아니, 할머니가 카메라 가방을 못 찾아서……"

카운터는 미닫이를 두고 다른 방으로 이어져 있었다. 방으로 들어갔던 할머니가 이번에는 커다란 여행가방을 들고 나왔다. 계절 지난 옷이 가득 담긴 가방이었다. 할머니의 모습을 보고 있던 우리는 일제히 웃고 말았다.

"할머니! 제가 들어가서 찾아봐도 될까요?" 그랬더니, 할머니는 흔쾌히 "그라씨요" 대답을 하였다. 나는 샛시문을 열고 방으로 들어갔다. 카메라 가방은 바로 눈에 띄는 곳에 있었다.

"이거요, 이거."

나는 할머니에게 카메라 가방을 흔들어 보였다. 밖에서 봤을 때보다 나이가 더 들어 보였다.

"그나저나 할머니 연세가 어떻게 되세요?"

"아흔넷이요."

나이를 알고 나자, 할머니의 행동이 이해가 되었다. 나이보다는 훨씬 정정해 보이는 최접심 할머니(94세, 장흥군 회진면)였다.

"고향은 어디세요?"

"신상."

신상은 멀지 않은 곳에 있는 마을이다.

"신상서 은제 시집오겠어요?"

"수물에. 동지 시고 와서 수물한나에 시집온 멘(셈)이제. 칠 년 넘고 팔 년 만에 아들 낳았제."

할머니는 묻지도 않은 말까지 척척 대답하였다.

"수물에 시집와 아들 다섯 딸 한나 뒀제."

"할머니는 몇남매에 몇째세요?"

"오빠 너이, 언니 서이. 막둥이여. 막둥이라고 만병수를 사믹엤어, 닷 마지기에 수물닷 냥에. 내 뼈를 갈아믹에도 안 아깔 것이여."

큰오빠가 논 닷 마지기 값인 스물닷 냥을 주고 만병수라는 것을 사 먹여서 자신이 아직껏 건강하게 살고 있다는 것이었다. 언니들과 오빠들이 모두 유명을 달리했는데, 큰오빠를 생각하면 자신의 뼈를 갈아 먹여도 아깝지 않을 것이라고 하였다. 남다른 우애다 싶었다.

"성격이 참 차분하신 것 같아요?"

"개띠가 자시에 놔서 차분할 것이다, 글듬마."

"아프신 데도 없는 것 같고……" 하면서 말끝을 흐렸더니, "자식들 덕만 보고 사요" 하였다.

부리나케 차로 가서 포도 한 송이를 가져다드렸더니, "물라고 이란 것을 다 주요. 이라고 덕을 봐서 우째사 쓰까이" 하였다.

나는 할머니의 손을 잡으며 덕을 본 것은 할머니가 아니라, 우리들이 라고 말하고 싶었다. 할머니 덕분에 아침부터 마음껏 웃었으니, 그보다 더 큰 덕이 어디 있으랴. 바람이 땀 묻은 이마를 훔치고 지나갔다. 하늘이 높은 가을 아침이었다.

남정리에는 호동떡, 가동떡, 친애떡, 해기떡 들이 산다

순창군 구림면 남정리에는 호동떡, 가동떡, 친애떡, 해기떡 들이 산다. 마을에 들어서니, 이 아짐씨들이 삼삼오오 모여가지고 돌가지(도라지) 껍질을 벗기고 있었다.

"아따 덥소야" 말하니, 진작부터 알고 지낸 사이 모양 별나게 따뜻한 목소리로 "그라요" 하는 대답이 나온다. 말 붙이면 맛나겠다 싶어서, "문 돌갖 껍딱을 벳기고 있다아?" 하고 묻는다.

"야."

대답이 짧은 것을 보니, 호락호락 속창아리(속내)를 내놓지 않겠다는 심사다. 한 댓이 모테서 돌가지 껍질을 벗기는데, 벗겨진 껍질이 아짐니들의 손에 달라붙어가지고, 아짐니들의 손꾸락 하나하나가 돌가지 같다.

"문 노무 돌갖이 요라고 많다요? 거시기, 어뜬 장시가 요거 맽긴 것

아뇨?"

"야."

질문은 길었는데 대답은 짜룹다(짧다). 날은 더워서, 누가 오더라도 신청하기(들은 체하기) 싫은 날임에는 분명하다. 하지만 나도 먼 걸음을 했는데 기냥 갈 수는 없는 노릇이라, 또 찔뻑찔뻑 말을 붙여본다.

"징상나게 덥구마이. 요거 껍딱 까주먼 을매썩이나 받으요?"

"야."

중치(가슴)가 탁하니 맥힐락 한다. 얼마씩 받느냐는 말에도 대답은 '야―' 뿐이라, 돌갖 껍질 까주고 받는 쌌을 '야'로 받는다는 것인지 무신지, 통간(좌우지간)에 모르겠다. 그때 마침맞게 누군가가 물을 떠오고, 나도 칼칼했던 참이라 물을 얻어먹는다.

"아따, 이 동네 물 좋네이. 물이 이상 심이 있소야."

"그란닥 합디다. 물이 좋다고 전에 도에서도……"

"그래요?"

나는 잽싸게 내가 앙거 있던 돌받침을 갈킴서 한마디를 끄집어낸다.

"근디 아짐, 요것이 무라?"

"옛날 연자방애 헐 때게 쓰던, 펭야 맷돌이제."

"그라지라이. 나도 에렀을 때 봤는디……"

"오모메, 조것을 봤다고라. 인자 멫살 안 묵었겄는디?"

"그래도 봤단 말이요."

또 사람들은 입을 봉해불고 돌가지 껍질을 벗긴다.

"가동떡 물 조깐 떠와!"

한 아짐니가 마을회관 뒤안 짝에서 걸어나오는 아짐니를 향해 소리를 지른다.

"아니, 우쩨서 가동떡이라요?"

"아, 가직헌(가까운) 디서 왔다고 가동떡이제."

"글먼 아짐 택호는 무요?"

"무?"

"아, 아짐은 문 떡이냐고라?"

"나? 나넌 호동떡이여!"

"올해 몇이요?"

"많이 묵었제. 칠습."

"그래요이. 울 엄니가 올해 예순야닮인디, 시집올 때게 봉께 거시기, 나락 싸논 거 있소안, 나락베늘(볏가리). 고것이 겁나 많길래 부잔지 알었드니, 세세히 봉께 문 쪽졩이만 그라고 있었드락 합디다. 아짐은 우쨌소?"

"먼 노무 시집온 얘기까장 허라고 허네이."

그때 곁에서 딴 사람들이 이야기를 거든다.

"그때는 그랬제. 헛옷(옷이 있는 것처럼 위장해놓은 보따리)허고 가래나무(갈퀴나무)허고 해갖고, 뒤주 한나 궁거(구해)놓고, 아들 한나 여울라고······"

또다른 사람이 말을 받는다.

"여물이 썩어갖고, 한 뒤주럴 발로 창께로 푹 들어가드라네."

하하하 웃음이 이어진다. 그런데 갑자기 한 분이 일어나 돌가지 시친(씻은) 물을 아래쪽으로 부어버린다. 거기는 내 차가 있는 데다.

"오모메, 우짜까."

똘캉물을 부어버린 아짐니가 소락대기(큰 소리)를 지른다.

"우짜긴 우째요. 새 차 사줘사제."

내가 말한다.

"언능 새 물 갖다부서불란 마시(부어버리란 말야)."

가동떡이 소리를 지른다.

"우짤랍디요. 냅둬부씨요."

그래도 마을 사람 하나 둘 더 나서가지고, 기언치(기어이) 차에다 몰
캉물(맑은 물)을 붓는다.

"그나저나 요짝에서도 요것을 '돌갖' 이라고도 허요?"

"무? 돌가지라고 허제. 도라지."

내가 난 장흥에서는 도라지를 '돌갖' 이라고도 하고 '돌가지' 라고도
하는데, 이짝에서는 '돌갖' 이라는 말은 안 쓰는 모양이다.

"예. 근디, 조 냥반 택호는 무라?"

"이, 해기떠억."

날은 덥다. 그 아짐니들은 요란 뙤약볕에서 하루 종일 일해가지고 한
사람당 오천원 정도의 돈을 번다고 한다. 그 일은 근동 공장에서 맡긴
일이라고 헌다.

걸잎 같은 물 어머니 속잎 같은 나를 두고

날은 춥고 밤은 깊어가는데, 검은 치마 흰 저고리에 머리에 수건을 동여매고 노래에 열중하고 있는 사람들이 있었다. 화순군 도암면 도장리에 사는 아주머니 할머니 들이다. 이들이 연습하고 있는 것은 〈도암 밭노래〉이다. 〈도암 밭노래〉는 1992년 전라남도 민속경연대회에서 우수상을 받기도 하였다. 며칠 후에 운주사 앞에서 '운주 대축제'가 열리는데, 그 프로그램 중에 〈도암 밭노래〉 시연이 들어 있다.

선두에 깃발을 앞세우고 왼쪽 어깨에 호미를 걸친 여자들이 덩실덩실 어깨춤을 추면서 등장하였다. 사이사이에는 망태기를 짊어진 사람들이 있다. 선소리꾼들이 〈거무야 거무야〉를 선창하자, 춤추며 등장했던 사람들의 어깨에는 자연스러운 가락이 흘렀다. 슬픈 듯, 흐느끼는 듯 노랫소리와 어깨의 흔들림이 한 덩이가 되었다. 자세히 보니 고운 춤사위를 자랑하는 분들의 얼굴은 나이 먹은 태가 역력하였다. 민속경연

대회에 나갔던 것도 벌써 십여 년 전의 일인지라, 〈도암 밭노래〉에 들어가는 노래는 십여 곡인데 노래의 원형을 제공하였던 몇몇 할머니는 그새 고인이 되었다.

> 거무(거미)야 거무야 왕거무야 줄에 동동 왕거무야/아징개 자징개 동박골 동정리 정산도전 아래/대곡산 꾀꼬리 잠시 잠간 노다 가소/노다 가면 뭣 헐랑가 신든 보신볼(버선 밑바닥 앞뒤에 덧대는 헝겊 조각) 걸어주께/날 본대끼 신고 가소/개미야 개미야 불개미야 새빌당 열이렛날/동대문을 열고 보니 저 남기(나무)에 저 새소리/나도 동동 했건마는 아으씨를 낳으시고/어른님(사랑하는 님)을 따를랑께 잡새 소리 잊었구야
> ── 〈거무야 거무야〉 전문(노래 제공 ─ 박유덕)

'거무'는 '거미'가 모음상승이 된 말이고, '잠간'은 '잠깐'이라는 부사어와 뜻이 같다. 전라도 방언에서 두드러지는 것이 경음화 현상인데, '잠깐'이 '잠간'으로 변하는 것은 의도적으로 경음화를 피하려다 굳어진 현상, 즉 과도수정으로 볼 수 있다.

> 이 달에는 알을 낳고 새 달에는 새끼 까서/열두 새끼 거느리고 남사밭으로 날아든다/느그 집이 손이 오면 요놈 잡어 손 대접허고/느그 자석 병이 나면 저놈 잡어 병간허고/도매(도마) 땅땅 울리는 소

리 씨암탉 간장이 다 녹는다

　　　　　　　　─〈도매 땅땅〉 전문(노래 제공 ─ 김금순)

　애써 키운 자식을 하나씩 잃어야 했던 씨암탉의 간장이 녹듯이 애써 만든 모시삼베를 헐값에 팔아야 했던 우리네 어머니들의 앙가슴도 먹빛이었을 것이다.

　　앙금당금 솔(부추)을 숭거 매화 당금 꽃이 피어 / 시누 형제 빨래질 강께 난디없는 비가 오네 / 우리 오빠 거동 보소 / 물가상(가)에 달라들어 / 성님일랑 건져놓고 / 요내 나는 놓고 가네 / 울 아버지 날 찾거든 / 영산 귀경 가드라소 / 울 어머니 날 찾거든 영산 귀경 가드라소 / 분통 같은 요내 몸은 / 괴기 밥이 다 돼얐네 / 삼똥(삼단) 같은 요내 머리 / 버들나무에 다 걸리고 / 저그 오는 뱃사군은 낚수대를 휘어잡고 / 물가상으로 달라드네

　　　　　　　　─〈앙금당금〉 전문(노래 제공 ─ 행삼순)

　재미있는 노래다. 도장리에서는 미영을 많이 심었는데, 아무래도 벼농사에 비해 여자들의 손을 많이 필요로 하는 농사이다. 하지만 지친 노동을 하면서도 해학을 잊지 않는 게 우리의 조상들이었다. 솔을 앙금당금(정성을 다해 촘촘히) 심고 나니 매화가 앙금당금 ─ 여기에서 '매화 당금'이라는 구절에는 시의 생략기법이 들어 있다. 앞쪽에서 앙금당금

이라는 구절이 있으므로 연이은 데서는 슬쩍 매화 당금이라고 넘어갔다. 매화가 앙금당금 피어 있다는 의미 해석이 어렵지 않다 — 피었다. 시누이와 올케가 빨래를 하러 갔는데, 난데없이 비가 쏟아졌다. 그러자 나타난 오빠가 올케만 건져서 가버린다. 혼자 남은 시누이는 서러워서 엄살을 부린다. 아버지 어머니가 나를 찾거든 영산 구경 갔다 하라는 것이다. "분통 같은 이 몸은 고기밥이 다 되었네" 하고 있는 그때, 뱃사공이 나타난다. 사공은 낚싯대를 휘어잡고 물가로 오는데, 사공이 낚고자 하는 것이 고기가 아니라 "요내 몸"인 것은 자명하다.

방언을 언어의 화석이라고 하는데, 이 노래에 나오는 '숭거'라는 말이 그 증거다. 조선 중기 기생 홍랑이 고죽 최경창이라는 이에게 보내는 시조에 다음과 같은 구절이 나온다. "자시는 창밧긔 심거두고 보쇼셔" 여기서 중요한 것은 '심거'에 나오는 'ㄱ'의 음가이다. 표준어 심다, 심어에는 보이지 않는 'ㄱ'의 음가가 방언과 고어에는 있는 것이다. 우리는 이런 화석을 통해 보다 올바른 고어 해석을 할 수 있다.

한 재 넘어 한각구(엉경퀴)야 두 재 넘어 지충개(지칭개)야/겉잎 같은 울 어머니 속잎 같은 나를 두고/임에 정이 좋다 한들 자석에 정리를 띠고 강가/어매 어매 우리 어매 요내 나는 죽어지면/잔등 잔등(고개) 넘어가서 양지발로 묻어놓고/비가 오면 덮어주고 눈이 오면 씰어주소

　　　　　　　　　—〈한 재 넘어〉 전문(노래 제공 — 행삼순)

어린 자식을 두고 다른 남자와 떠나는 어머니를 안타까워하며 부르는 노래이다. 특히 "겉잎 같은 울 어머니 속잎 같은 나를 두고 임의 정이 좋다 한들 자식의 정리를 떼고 가느냐?"라는 대목에서는 절로 눈물이 날 것만 같다.

다래 한나를 숭겄더니 다래 둘이 열었구야/공공다래/다래 둘을 숭겄더니 다래 싯이 열었구야/공공다래/다래 싯을 숭겄더니 다래 닛이 열었구야/공공다래/다래 닛을 숭겄더니 다래 다섯이 열었구야/공공다래/다래 다섯을 숭겄더니 다래 여섯이 열었구야/공공다래/둥당애당 둥당애당 덜(들)기 좋다고 둥당애당/공공다래/다래 여섯을 숭겄더니 다래 일곱이 열었구야/공공다래/다래 일곱을 숭겄더니 다래 여덜이 열었구야/공공다래/다래 여덜을 숭겄더니 다래 아홉이 열었구야/공공다래/다래 아홉을 숭겄더니 다래 열이 열었구야/공공다래/둥당애당 둥당애당 덜기 좋다고 둥당애당/공공다래

— 〈공공다래〉 전문(노래 제공 — 이병순)

목화를 전라도에서는 '미영'이라고 하는데, 그것의 열매만을 칭할 때는 '다래'라고 한다. 미영꽃은 부용화와 비슷한데 얇은 모시치마를 겹으로 입은 여인네의 모습과 같다. 꽃이 지고 나면 열리는 것이 다래인데, 다래가 여문 후에는 씨를 감싸고 있던 부분으로 솜을 만든다. 솜이

라는 것은 다래의 속살인데, 어린 씨앗을 감싸고 있던 것으로 다시 사람의 몸을 보호하니, 그 솜의 공덕은 크다 할 만하다. 꽃이 막 지고 난 후 맺힌 다래는 따먹기도 하였는데, 솜이 되기 이전의 다래 속은 부드럽고 달짝지근하였다. 삐비(삘기)가 자라면 띠가 되어 먹을 수 없지만, 어린 순은 먹을거리가 되었듯 다래도 마찬가지였다.

노래는 이어져서 〈사래 질고 장찬 밭에〉(이병순)가 불린다.

　내가 살아서 뭣을 헐께/주렁강에나 들어가서 졸복 한나를 낚어다가/짚불에나 구어 먹고 잠든 듯이 죽어보세
　　　　　　　　　　　　　　　　　─〈사래 질고 장찬 밭에〉 중에서

오죽 일이 힘들었으면, 복의 일종인 졸복을 잡아 구워 먹고, 잠든 듯이 죽어보자고 하였을까? 그새 미영은 자라서 밭매기가 한창이다. "치매(치마)에다 가새(가위) 놓고 가새 찾기도 난감해 / 난감해 난감해 날과 같이도 난감해"로 끝나는 〈감태산 감태산 육자백이도 감태산〉(김아님)은 육자배기이다.

'만벌매기(마지막 김매기)'에서 불리는 노래는 〈공단 같은 요내 머리〉(김아님)와 〈하늘에다 별성부야〉(이병순)이다. 이쯤에서는 "사우사소"하는 말을 시작으로 서로 대화를 주고받는다. 벌써 한 시간이 지났는데도 판은 끝날 기미가 없다. 〈따박네야〉(나순애) 〈꽃아 꽃아 곤달꽃아〉(김아님) 〈저 건너라 한양봉에〉(서정례) 〈이 산 저 산〉(이병순)이

이어지고, 〈장감장감 장감새야〉(양도례)에 와서야 〈도암 밭노래〉 노랫
소리도 어둠에 묻히기 시작하였다.

장감장감 장감새야 팔두 비단에 노담새/만수문전에 풍년새 되옹
되옹 잡동새 (……) 니구새 나구새 다 날아든다 온갖 잡새가 다 날아
든다……

정말이지 이름 모를 새도 많다. 두 시간쯤 이어지는 〈도암 밭노래〉를
들으면서 내 안 깊은 곳에서는 속울음이 차올랐다. 이 땅에 사는 사람들
의 몸속에는 슬픔의 청*이 들어 있지 않을까? 오래 전에 썼던 시 한 편
을 옮겨적는다.

노래방에 가서건 결혼식에 가서건
노래를 하려고 보면 꼭 생각나는 건
서러운 곡조뿐이네

기쁨을 말해야 하는데
신나는 노래도 많은데

---

* 청 대금의 떨림판 역할을 하는 갈대의 속껍질. 단오 무렵에 채취하여 흰 가제로 싸서 찐 후
늦가을 새벽 찬 이슬을 맞히면 양질의 청이 된다고 함.

몸속 어디에
슬픔의 청이 붙어 있나
      — 이대흠, 「슬픈 악기」 전문

제2부 수동떡집 사람들

"딴 것이 아니라, 조것이 놀로 가장께 따라갔다 올 탱께, 여그서 점심 자시고 늦게 내레오시요이."
어머니가 하고자 했던 말은 그것이었다.
칠십 년 넘게 살면서 자기 손으로 밥상을 차려본 적이 없는 아버지.
그런 아버지에게 맞추어 살다보니, 이제는 그것이 법이 되어 낮 동안 놀러 가면서도
끼니 걱정 때문에 기어이 당부를 하는 것이다.

노부부가 사는 법

가을이 다 가기 전에 부모님과 함께 가까운 절에라도 다녀올 생각에 시골집으로 향했다. 도착하기 전에 전화를 하였더니, 아버지가 받았다.

"집에 계실 거예요?"

"아니, 나는 아곱시 반에나 나가봐사 쓴다."

"어디 가시는디요?"

"오늘 골안에서 유치 문중 시양(시제)이 있어갖고, 거그 가봐사 쓴다."

마을 깊은 곳에 '골안'이 있고, 거기에는 나의 성씨인 인천 이가들의 사당이 있다. 정확하게 말하면 인천 이씨 만수파의 사당이다. 그 사당에서는 여러 번 시제를 지내는데, 만수파 전체를 합친 대문중 아래에 여러 소문중이 있기 때문이다. 나는 넓게는 만수파에 속하고, 좁게는 십대 종가인 우리집을 중심으로 한 소문중에 속한다. 만수파의 선산은 용두봉 아래 조분골에 위치해 있는데, 어린 시절 시제가 있는 날이면 하루에도 몇 번씩 조분골 쪽을 바라보느라 목이 아팠다. 다른 집 아이들은 시제 지내는 곳으로 가기도 하였지만, 우리집에서는 그런 행동이 금기에 가까웠다. '얻어묵우로 댕기는 것'을 철저히 금했던 어머니 때문이었다.

"그럼, 엄니도 시양 지내는 디 가실 꺼예요?"

"아니, 늑 엄니는 깽벤(강변)밭에 꼬치(고추) 따로 갔다."

평생을 농촌에서 살았으면서 아버지는 일흔이 넘도록 지게질 한번 해보지 않은 사람이었다. "딴 디서 돈 벌어오는 것도 아니고, 농사일을 도와주는 것도 아니고, 근다고 책만 팜서 공부하는 사람도 아니고……" 오십여 년을 함께 산 아버지에 대한 어머니의 평이었다.

"그런 사람을 바라보고 살랑께 우쨌겠냐? 그래도 나는 펭상얼 삼서 딴 맘언 안 묵었다. 내야 복이 이만이나빾이 안 되는 모냥이라 이란 사람을 만냈능갑다, 그라고 살았다. 나는 어디럴 가드라도 조란 사람빾이 못 만날 것이다, 그라고 살았다. 그랑께는 느그 같은 자석들도 두고 그랬제."

마을 앞으로 간 나는 집으로 들어가지 않고, 호계천 너머에 있는 깽벤밭으로 향했다. 다리를 건너자 멀리 키 작은 사람이 걸어오고 있었다. 나는 한눈에 어머니라는 것을 알아보았다. 농로를 따라 가까이 가자 어머니가 '누구일까?' 하는 표정으로 서 있었다.

"니는 메칠 전에 댕게 갔길래, 흐칸(하얀) 차길래, 인홈이가 온다냐?

그라고 있었다."

　나는 고추가 가득 든 포대를 짐칸에 실었다.

　"엄니, 놀로나 갑시다."

　"어디로 가야?"

　"쩌그 강진 백련사로 해서 다산초당으로 해서 엄니 친정동네 짝으로 돌아보고 옵시다."

　"……"

　"얼릉 옷 갈아입고 갑시다."

　내가 재촉을 하자, 어머니는 옷을 갈아입으면서 아버지의 끼니를 걱정하였다.

　"아부지, 보고 갑시다. 걱서 그냥 식사하시라고 하면 될 꺼 아니요."

　"글자."

　어머니를 태우고 사당이 있는 골안으로 향했다. 제각기 마당에 서서 아버지를 불렀지만, 아버지는 들어오라는 말만 하면서 얼굴을 내밀지 않았다.

　"일로 조깐 나와보란 말이요. 할말이 있이닝께."

　한참 지나 어머니가 퉁명스럽게 말을 하자, 아버지가 마루로 나왔다.

　"들어와서 술이나 한잔하고 그라랑께는."

　"내가 무다라 얻어묵우로 온 것맨이로 딸랑 들어갈 껏이요?"

　"조라고 청백이같이 그란당께."

　"딴 것이 아니라, 조것이 놀로 가장께 따라갔다 올 텡께, 여그서 점심 자시고 늦게 내레오시요이.”

어머니가 하고자 했던 말은 그것이었다. 칠십 년 넘게 살면서 자기 손으로 밥상을 차려본 적이 없는 아버지. 그런 아버지를 위해 어머니는 행여 밖에서 일박을 하게 될 일이 생기면, 동네의 다른 아주머니에게 부탁을 하여 아버지의 밥상을 보게 하였다. 그런 아버지에게 맞추어 살다 보니, 이제는 그것이 법이 되어 낮 동안 놀러 가면서도 끼니 걱정 때문에 기어이 당부를 하는 것이다.

강진으로 가서 백련사와 다산초당을 거쳐 바다 구경을 하고, 칠량, 대구, 미산 등을 돌고 나서 집으로 왔더니 오후 네시가 넘었다. 아버지는 마당에서 서성거리고 있었다.

“그란해도(그렇지 않아도) 자네 올까니 몇 번이나 사장에 나가봤네.”

어머니가 언제 돌아오느냐 싶어서 두 번이나 신작로가 보이는 사장거리에 나가보았다는 아버지의 말을 들으니 슬며시 웃음이 나왔다. 방으로 들어갔더니 아버지는 샹끄네기(시제 음식을 담은 꾸러미)를 꺼냈다.

“같이 묵을라고 안 열고 있었네.”

예전처럼 짚으로 만들어 음식을 싼 것은 아니었지만, 비닐봉지 속에 든 시제 음복 음식은 다양했다. 찰떡과 꼬막, 고기전과 버섯전, 유자와 밀감, 돼지고기 삶은 것과 생선 반 토막 등 짐작에도 준비를 많이 한 시제 상차림이었을 것 같았다.

“우와마, 챙피해불듬마.”

146

아버지는 이내 우리 문중의 시제 이야기를 하였다. 유치 문중 사람들은 남들 보란 듯이 상차림을 하였는데, 며칠 전의 우리 문중 시제는 형편없었다는 것이다. 한참 동안 흥분해서 말을 하던 아버지가 문득 "술 잠 가져오소" 그랬다.

"암마, 또 술 묵을라고. 많이 묵었구마는."

아버지의 말에 미동도 하지 않은 채 어머니가 타박을 하고 나섰다.

"가져오라먼 가져올 것이제. 문 말을 하먼."

술이 되었건 그 무엇이 되었건 아버지는 자신의 손으로 무언가를 가져와 먹는 경우가 없었다.

"조라고 이게(우겨)싸까. 술도 많이 되았구마는."

"어허, 조것이!"

"빙원에서 의사가 석 달 동안 묵지 말락 했담서."

"무시 석 달. 인자 다 나섰웅께, 괜찮해."

한 달 전쯤 아버지는 발톱 무좀 때문에 병원에 가야 했다. 아버지가 진료를 하러 병원에 가던 날, 어머니는 한 가지 꾀를 내어 병원 간호보조사로 일하고 있는 제수씨에게 전화를 하였다.

"아야, 늦 아부지 빙원에 간당께, 니가 의사 선생한테 잘 이약해서 술 묵으먼 큰일난닥 해부러라이."

어머니의 말을 들은 제수씨는 의사에게 그런 말을 해달라고 부탁을 하였고, 진료를 맡았던 의사는 아버지에게, "어르신 술 드시면 발가락이 썩게 됩니다" 그렇게 말했다고 한다. 그때 의사가 술을 마시지 말라고 했던 기간이 석 달이었는데, 아버지는 그것이 아니라고 하였다.

"의사가 그라듬마. 삼 개월만 자시지 마시요."

아버지의 그 말에 어머니가 아버지의 어깨를 꼬집으며 웃었다.

"내가 석 달이락 할 때는 아니락 하듬마는 인자 삼 개월이락 하네이."

비로소 어머니의 말을 깨달은 아버지가 어머니의 등을 톡 때리며 웃었다.

"석 달하고 삼 개월은 다르제이. 우선 말부터 틀려부요안(틀리잖아요)."

내 말에 방 안은 웃음바다가 되었다.

"아야, 니가 가서 술 좀 가지오그라. 늘 엄니가 저라고 권세를 부릴락 한단마다(말이다)."

아버지가 나를 가리키며 말을 하였지만, 나는 빙긋이 웃고만 있었다. 결국 술병은 어머니가 들고 왔다.

"에징간이 자시시요."

"어허, 조라고 말을 해싸까이. 술을 묵어도 내가 묵은닥 하면 묵는 것이고, 안 묵은닥 하면 안 묵는 것이제. 나는 안 묵은닥 하면 그날로 다짐해부러."

실제로 아버지는 한번 다짐을 하면 그렇게 하는 사람이었다. 하루 세 갑 이상씩 피우던 담배를 끊은 것도 어느 날부터 시작해서 십 년이 넘었고, 술도 십 년 정도씩 끊었던 것이 두 번이나 되었다.

"늘 엄니 때문에 못 살겄다야. 인자는 벨것을 다 갖고 나를 휘어잡을락 한단마다."

웃으면서 아버지가 말했다. 그러더니 화제를 바꾸었다.

"너 참 봤지야. 화단에 국화 좋지야?"

마당가를 둘러싼 화단에는 황국이 환하게 피어 있었다. "좋습디다." 내 말끝에 이번에는 어머니가 나섰다.

"봄에 사장 어른이 한 그루 갖다주길래 내가 일일이 꺾꽂이해서 그라고 숨겄다(심었다). 징상나게(굉장히) 많이 폈어야."

"머시 자네가 했다고 긍가. 내가 웡게(옮겨)싱겄구마."

"아아따, 말은 바로 해사제. 멫 그루 윙긴닥 하드니, 하도 안 했길래 내가 일일이 숭겄구마는."

어머니가 한 번 더 당신이 심었다고 하자, 아버지가 한 발짝 물러났다.

"누가 싱겄든지 간에 보기에 좋지야?"

틀림없이 대개의 황국은 어머니의 손에 심어지고 자랐을 것이지만, 누가 심었든 보기 좋은 것은 사실이었다. 덕분에 늦가을 집 안이 꽃으로 환했다.

"그나저나 늑 엄니 어깨 잔(좀) 주물러디레라. 이참에 태국 가서도 안마 받으란디 사만원이나 한다고, 우리 아들이 할지 안디 무다라 받어야, 그라고 왔단다."

아버지의 말에 나는 어머니의 어깨를 주무르기 시작했다. 마당에는 꽃불이 환할 것이다. 어머니 아버지의 일상도 그렇게 피어난 것처럼 여겨져서 오랜만에 내 마음도 환해졌다.

조왕신이 이녁 자석들 해꼬지헌다고 노하제

"너 왔다고 봄똥(봄동) 무쳐봤는디, 우짤랑가 몰겄다."

밥상을 내오면서 어머니가 말했다. 상에는 배추지(배추김치)와 싱건지(국물김치), 그리고 토하젓과 고추무름 등과 함께 푸릇푸릇한 봄똥무침이 있었다. 된장에 대충 버무린 봄똥은 입 안을 상큼하게 하였다. 겨울을 지나온 것들은 봄내음이 더 진하다. '씀바구'나 '싸랑부리'라고 불리는 씀바귀가 그렇고, '달롱개'라고 불리는 달래가 그렇다.

"한 그륵 더 할래?"

어머니는 말을 끝내기 바쁘게 밥을 퍼온다. '그릇'과 '그륵'의 차이는 표준말과 사투리라는 점에만 있는 것이 아니다. 그릇이 그륵으로 발음되는 순간에 크기가 바뀐다. 뿐만 아니라 그릇에는 단지 음식만 담기지만, 그륵에는 정이 담긴다. 한 그릇의 밥은 살기 위해서 의무로 먹는 것이지만, 한 그륵의 밥은 정성과 애정을 먹는 것이다.

"아따, 맛납다."

자신이 한 음식을 맛있다고 말하는 것은 어머니의 오랜 버릇이다.

"니는 영판 비우치리를 한 것 같듬마는 무장 까탈시로와진 것 같어야이."

닭고기와 돼지고기를 먹지 않는데다가, 어지간한 반찬에는 젓가락이 가지 않는 요즘의 내 식성을 두고 하는 말이다. 음식이라면 가리지 않는 사람, 즉 비위 하나는 타고난 사람을 보고, 전라도에서는 '비우치리하다'고 한다. '~치리'라는 말은 '치레'의 뜻으로 쓰이기도 하지만, 비우치리의 경우처럼 '좋은 의미의 갖춤'을 뜻하기도 한다. '병치리'나 '손님치리'의 경우는 '치레'라는 뜻으로 쓰이고, '비우치리' '부모치리' '고모치리' '성제간치리'의 경우에는 '타고난 복'이라는 의미로 쓰인다. "글마는 부모치리해서(부모를 잘 만나서) 에레서부텀 고상을 몰르고 컸제"라는 식이다.

항상 "부모치리 못해서 느그들이 고상한다"는 어머니. 어머니는 밥상을 물린 후에도 한참 동안 내 얼굴을 바라보았다. "딴 사람은 한나도 안 걸리는디, 니는 걸린다"며 어머니는, 내가 갈 때마다 "오손도순 살어라이" 당부를 한다. 팔남매 중 유일하게 어머니의 가슴에 걸리는 사람인 나는, 그때마다 "예" 하는 대답을 하기는 하지만, 마음은 무겁다.

마당에는 그새 봄보꾸(봄맞이꽃)가 꽃을 피웠다. 낫으로 쓱벅 베어다가 된장에 무쳐 먹으면 좋을 것 같다. 어머니가 무친 봄똥이 하도 맛나서 싸달라고 할까 하다가 그만둔다. 아무리 맛있는 음식이라도 도시로 가져가서 먹으면 그 맛이 나지 않는다는 것을 경험으로 알기 때문이다. 음식은 단순히 양념의 조합으로만 이루어진 것이 아니다. 그곳의 물과 공기가 뒤섞여 하나의 음식이 된다. 그래서 똑같은 음식이라도 공기 좋은 곳에서 만들어 먹는 것과 매연으로 찌든 곳에서 먹는 것은 천양지차다.

음식에 대한 이야기를 할 때 흔히 사람들은 맛이 있고 없음을 말하지만, 전라도 사람들은 '개미'가 있고 없음을 말한다. 여기서의 개미는 땅바닥을 기어다니는 개미(개:미)가 아니라, '개'자를 짧게 발음하는 개미이다. 개미라는 말을 한마디로 해석하기는 상당히 난감하다. 하지만 억지로 해본다면, '깊이가 있는 독특한 맛' 정도가 아닐까 싶다.

한겨울 장독대에서 얼음 송송 뜬 싱건지를 떠다가 함께 먹는 고구마 맛도 개미가 있고, 묵은 된장에 간단한 양념을 하여 짜박짜박 끓인 된장 덖은 것도 개미가 있고, 잘 삭은 홍어를 약한 불에 찐 홍어찜도 개미가 있다. 묵은 김치에 소 껍질을 넣어 끓인 찌개도 개미가 있고, 조선간장에 달인 참게도 개미가 있다. 그저 맛있다는 것과 개미가 있다는 것의 차이는, 하우스에서 재배한 쑥으로 끓인 쑥국의 맛과, 들로 나가 직접 캐온 쑥으로 끓인 쑥국 맛의 차이 정도라고나 할까.

설거지를 하다보니 오래 전 어머니의 말씀이 생각난다. 누군가가 싱크대에 뜨거운 물을 붓자, 어머니는 깜짝 놀라서 말했다.

"아가, 조왕신이 노한다!"

그 말에 내가 "어째서요?" 그랬다. 그러자 어머니는 "조왕신이 이녁 자석들 해꼬지헌다고 노하제!" 하였다.

　조왕신이야 익히 들어서 알고 있지만, 조왕신에게 자식이 있다는 말
은 금시초문이었다. 그래서 나는 "조왕신 자석들이 누구다요?" 하고
물었다.

　그러자 어머니는 "펭야, 끄시랑치고 쥐애기고 그라제, 머시다냐?"
하였다.

　'끄시랑치'는 지렁이를 가리키는 말이고, '쥐애기'는 쥐며느리를 가
리키는 말이다.

　환경보호니 뭐니 하는 백 마디의 말보다 어머니의 그 말 한마디에 우
리네의 생명사상이 집약되어 있다.

낭글낭글하니 맛나구마이

"메(멥쌀)가 안 들어가서 그랑가, 낭글낭글하니 맛나구마이."

새벽부터 일어나서 새알을 만들었을 어머니가 팥죽에 숟가락을 대며 말을 한다. 그 말을 부정할 수 없어서, 나는 연신 "맛있네"라는 말을 연발한다.

그러자 어머니는 신이 났는지, "그라제. 어쩔게 포는 음석하고 대겄냐?" 하면서, "죽집에서 포는 것은 중국산 폳(팥)을 써서 설탕까리를 안 치면 못 묵겄듬마는, 촌에서 난 것이라 기냥 묵어도 괜찮하다야" 하신다.

"폳이 조깐 신찬하길래(시원치 않기에), 녹두를 넜는디 묵을 만하지야?"

입맛이 없는 탓에 숟가락질이 느리지만, 내 모습이 되작거리는 것으로 보일까봐서, 나는 설탕을 치지도 못하고 그냥 먹는다.

어린 시절에는 팥죽을 먹는 것이 특별한 일도 아니었는데, 요즘에 와서는 동짓날 아니고는 먹어보지 못하는 것 같다. 죽 그릇 옆에는 매산이(매생이)국이 놓여 있다. 매산이국에는 석화가 들어가야 적격이다.

유독 음식이 발달한 곳이 남도이지만, 그래도 매산이국을 즐길 정도는 되어야 남도의 맛에 입문했다고 할 수 있을 것이다. 매산이국을 끓이는 방법은 독특하다. 보통의 국을 끓일 때는 어떤 재료를 넣든지 간에 팔팔 끓이는 것이 원칙이다. 그러나 매산이국은 팔팔 끓여서는 안 된다. 매산이국을 팔팔 끓여버리면, 매산이는 다 녹아버리고 만다.

매산이국을 끓일 때에는 끓는 듯 마는 듯 하는 정도에서 불을 꺼야 한다. 오래 전 어떤 라면 광고에 '칠칠 끓이지 말고 팔팔 끓여서'라는 말이 나왔는데, '칠칠'이라는 말이 끓이는 정도를 나타낼 수 있다면, 매산이국은 팔팔 끓이지 말고 칠칠 끓여야 한다.

매산이국을 뜨겁게 먹을 수 있는 경우는 막 끓였을 때뿐이다. 한 번 끓인 매산이국은 다시 데워서 먹을 수 없다. 다시 끓일 경우엔 매산이가 다 녹아버리기 때문이다. 매산이국은 식으면서 시나브로 되직해진다. 그래서 뜨거운 상태의 국과 차가운 상태의 국 맛은 사뭇 다르다. 막 끓인 매산이국이 사랑하는 이의 입김 같다면, 차가운 상태의 매산이국은 사랑하는 이의 혀와 같다.

"매산이국은 너머 홀랑하게 낋이면 못 쓴다이. 차지게 낋에사 묵은 것 같제."

매산이국을 끓일 때마다 어머니가 늘 했던 말이다. 나는 슬며시 팥죽을 먹던 숟가락을 놓고 매산이국을 그릇째로 들고 먹는다. 서서히 속이 풀리는 듯하다.

매산이국이 남도 맛의 입문이라면, 홍탁은 결정판이 아닐까 싶다. 삭힐수록 그 맛이 더해지는 홍어와 막걸리는 남도 음식을 아는 사람들이 가장 압권으로 뽑는 것 중 하나이다. 남도에서는 대사를 치르는 날이면 빼놓을 수 없는 음식이 홍어회였는데, 홍어가 없다면 가자미라도 대신 준비를 해야 했다. 홍어는 흔히 홍에라고 하고 가자미는 간제미라고 하는데, 잔칫상에 홍어가 놓이느냐 간제미가 놓이느냐에 따라서 음식 준비의 정도를 평하기도 하였으니, 가히 홍어는 남도의 대표 음식이라고 해도 틀리지 않을 것이다.

남도에서 산 사람에게는 익숙한 음식이 홍어이지만, 타지방 사람들은 어지간한 미식가라고 하더라도 홍어를 즐기는 사람은 많지 않다. 그런 데에는 홍어의 독특한 맛에 원인이 있다. 처음 홍어를 먹을 때 눈물이 날 것 같은 '톡 쏘는 맛' 이 주는 이질감 때문에 대개의 경우 젓가락을 놓는 것이다. 사람의 입맛도 처음에는 좋았다가 싫어지는 것이 있는가 하면, 먹어야만 맛을 들일 수 있는 경우가 있다. 오랜 세월 홍어에 입맛을 들이다보면, 세상 최고의 맛이 그 맛이라는 것을 알게 된다. 만드는 데도 세월에 삭아야 하지만, 그 음식을 즐기게 되기까지도 오랜 세월이 들어야 하는 것이다.

음식에는 시고 달고 쓰고 맵고 짠맛이 있는데, 그것을 일컬어 오미라 한다. 좋은 음식이라 함은, 이 오미가 적절히 조화를 이루고 있는 것을 뜻한다. 하지만 홍어는 오미의 잣대만으로는 평가가 불가능한 음식이다. 홍어는 '쏘는 맛'이 중심을 이루기 때문이다.

사실 이 '쏘는 맛'이야말로 남도 음식의 클라이맥스라고 할 만하다. 매운 것도 아니지만 눈물이 나고, 신 것도 아니면서 몸서리가 쳐질 듯하고, 짠 것도 아니지만 간이 배어 있는 맛이, 쏘는 맛이다. 제대로 된 홍어의 '톡 쏘는 맛'을 맛보고 나면, 식은땀이 날 듯한 뒤 몸이 가뿐해진다. 이 '쏘는 맛'을 모르는 사람에게 홍어의 맛을 설명하려 든다면 힘들 것이다.

홍어를 먹을 때 마시는 술로는 막걸리가 제격인데, 그래서 생긴 용어가 홍탁이다. 삼합이라는 말도 있는데, 홍어에 돼지고기와 김치를 곁들여 먹는 것을 뜻한다. 삼합은 홍탁삼합(洪濁三合)이란 말을 줄여 부른 것인데, 흔히 삼합이라 함은 천지인(天地人)의 조화를 뜻했으니 완벽이라는 말과 같다.

에맨살 묵었구마늘

"그라고 뙤작뙤작 묵어갖고 은제 살로 가겄냐?"

여섯 살인 큰애가 밥을 먹을 때면, 밥상에 함께 앉은 어른들이 늘 하는 말이었다. 녀석은 한 끼의 밥을 먹으면서도 무던히 애를 태운다. 더군다나 나나 제 엄마가 숟가락을 들어주지 않으면, 아예 제 손으로는 먹을 생각도 하지 않는다.

너무 감싸서 키운다는 생각이 들어서, 녀석이 여섯 살이 되던 날부터는 제 손으로 먹지 않으면 밥을 먹지 말라고 하였다. 느닷없는 사태에 녀석은 울먹거리면서 숟가락을 논 채로 토라져버렸다. 그때 녀석의 모습을 표현하는 데는 '토라지다'라는 말보다는 '꼴다'라는 말이 더 적절할 것이다. '꼴다'라는 말도 토라진 것을 뜻하기는 하지만, '고집을 가지고 토라지다'는 정도로 해석이 가능할 것이다. 녀석의 울먹이는 꼴을 본 나는 기어이 한마디를 하고 말았다.

"에린양(어리광)이 찍찍 흘러갖고는…… 어디 가서 여섯 살이나 묵었다고 하덜 말어라."

그래도 녀석은 울음을 멈추지 않았다. 이제껏 자리에 앉아 입만 벌리면 되었는데, 숟가락을 들고 먹자니 여간 곤혹스럽지 않을 것이다. 입맛이 까다로운 녀석은 장난감에 대해서는 이것저것 가리지 않는다. 아예 방 하나를 장난감 방으로 만들어주었더니, 쌓이고 쌓인 장난감들 때문에 방에 발을 놓기도 힘들 정도였다. 그래서 몇 상자의 장난감은 다락에 넣어버렸다. 그래도 새로 산 장난감들이 불어나기만 했다. 내가 사주는 것도 만만하지 않지만, 삼촌들이나 고모, 이모들이 많은 탓에 여기저기서 장난감들이 날아들었다. 녀석의 장난감들을 보고 있으면 내 어린 시절이 절로 떠올랐다. 어디 장난감이란 것을 구경이나 할 수 있었던가. 기껏 장난감이라고 해보아야 신고 다니던 고무신이 전부였고, 그렇지 않으면 모두 손으로 만든 것뿐이었던 시절.

녀석이 가지고 있는 저 많은 자동차 중의 한 대라도 있었더라면, 아마 나는 동네 아이들의 부러움을 한 몸에 받았을 것이다. 만화책 하나만 있어도 동네 아이들이 줄지어서 아부를 하던 판이었으니, 자동차가 있었다면 어떠했을까.

내가 어렸을 때는 플라스틱으로 된 자동차는 없었지만, 고무신 한 켤레만 있어도 만들 수 있는 것이 많았다. 한쪽 고무신의 머리 부분에 다른 고무신의 머리 부분을 끼워서 감싼 고무신의 뒷부분을 뒤집으면 덤프트럭이 되었고, 한쪽 고무신의 뒷부분을 제 머리에 끼우면 택시가 되었으며, 그것을 다른 고무신의 머리 부분에 끼우면 용달차가 되었다. 뿐만이랴. 고무신 두 켤레가 있으면 기차를 만들 수 있었고, 배도 만들었고, 비행기도 만들었다. 우리들은 각자의 고무신으로 눈으로 본 모든 물건을 만들었던 것이다.

나무를 깎아 만든 팽이나, 삼발이 자전거, 자치기의 어미자와 새끼자, 칼이나 총, 윷이나 장기알, 꼰이라고 불렸던 고누의 말 등 이루 헤아릴 수 없이 많은 것을 만들었고, 그것으로 함께 놀 수 있었다.

대나무 한 그루를 베어내면 만들 수 있는 것이 또 얼마나 많았던가. 대나무를 불에 그을려서 커다란 활을 만들어, 시누대 화살을 메고 산에 오르면 오랜 옛날의 장수가 된 기분을 만끽할 수 있었고, 댓잎으로는 피리도 만들고 배도 만들었다. 키 크고 싶은 마음에 짝수발이라고도 불렸던 대말을 만들어서 타고 다녔고, 쪼갠 대나무를 불에 그을려서 스키 모양으로 만들어서는 빙판 위를 휘젓고 다니기도 하였다.

긴 대나무를 휘어서 만든 도롱태(굴렁쇠). 도롱태의 종류에도 몇 가지가 있었는데, 밀고 다닐 수 있게 자전거 바퀴살 같은 걸로 만든 커다란 도롱태가 있었고, 그 도롱태 한 부분에 실을 묶어 채찍질하듯이 굴리고 다녔던 도롱태도 있었다. 거기다가 긴 대 끝에 구멍을 내고 두 바퀴 단 도롱태도 있었고, 대나무 한쪽 끝을 갈라 그 사이에 작은 바퀴 하나를 못으로 끼워 만든 도롱태도 있었다. 바퀴는 통나무를 잘라 구멍을 내든가, 깡통 뚜껑 두 개를 사용하였다. 대나무 끝에 바퀴가 두 개 달린 도롱태는 '두발 도롱태'라고 불렸고, 쪼개진 대나무 사이에 바퀴가 하나

뿐인 도롱태는 '외발 도롱태'라고 불렀다.

대나무나 다른 나무를 사용하여 만들 수 있었던 총의 종류만 해도 몇 가지이던가. 간짓대 모양으로 끝을 갈라서 나무 하나 끼워 만들었던 새총. 두 줄기로 갈라진 나무를 베어서 만들었던 새총. 나무젓가락을 권총 모양으로 만들어서 방아쇠까지 갖추었던 고무줄총. 팔뚝만한 대나무 한 마디를 가지고 마디 끝에 작은 구멍을 내어 만들었던 물총. 마디를 죄 자른 가는 대나무통 하나로 만들었던 딱총.

어린 시절의 놀이기구를 떠올리다보니, 문득 아이 녀석이 불쌍해 보인다. 그림 하나 그리더라도 자신 없어하면서 "아빠가 그려줘!" 말하는 녀석. 무수한 장난감 속에 파묻혀 살다가 녀석은 결국 아무것도 제 손으로 할 수 없게 되지는 않을는지. 시골생활과 도시생활의 차이는 여러 가지가 있겠지만, 그 무엇보다 우선하는 것은 바로 이 점이 아닐까 싶다. 아무것도 없는 곳에서 자란 시골의 아이들은 무엇이건 제 손으로 만들어야 하기에 자연히 창조력이 길러진다. 하지만 도시에서 장난감을 가지고 논 아이들은 이미 있는 것을 이용하는 데에만 열중하게 된다. 바꾸어 말하면 시골생활은 무언가를 자꾸 궁리하게 만들고 스스로 창조하지 않으면 아무것도 없는 생활이지만, 도시생활은 아무 궁리를 하지 않아도 훨씬 좋은 물건이 주어지기 때문에 애써 궁리할 필요가 없다. 풍요로움이 새로움을 억제시키는 것은 아닐까?

깡통 하나만 있으면 '불깡통'을 만들고 그것이 오래되어 찌그러지면 깡통차기를 하면서 놀았던 내 어린 시절에 비해, 아이 녀석의 생활은 단조롭기 그지없다. 녀석은 아침에 일어나 밥 먹고 이 닦고 놀이방으로 향한다. 종일 놀이방에서 놀다가 집에 오면 TV 앞에 앉아 만화영화를 시청한다. 요즘은 하루 종일 만화만 나오는 채널도 있기 때문에 방에 앉아 TV만 보고 있어도 저녁시간이 다 간다. 그러다가 양치를 하고 잠드는 것으로 녀석의 하루 일과는 끝난다. 다른 사람과 놀고 싶어도 가까운 곳에 친구가 있는 것도 아니고, 부모가 시간이 넉넉하여 놀아줄 형편도 못 된다. 오직 혼자서 노는 것이다.

반면에 나의 어린 시절은 어떠했던가. 아침에 일어나면 맨 먼저 하는 것이 사장거리에 나가는 것이었다. 거기에는 대개 또래의 아이들이 있었고, 함께 어울려 우리는 무언가를 하였다. 때로는 산과 들을 쏘다니며 산딸기나 머루 다래를 따먹기도 하였고, 옹기종기 앉아서 까끔살이 (소꿉놀이)를 하기도 하였다. 어쩌다 혼자 있는 시간이면 동백꽃을 주워 목걸이를 만들었고, 닭의 둥지를 뒤져 달걀을 꺼내기도 하였다. 언제든지 또래의 아이들과 함께하였고, 날마다 다른 모습을 보여주던 자연과 함께였다.

종이 한 장만 있어도 만들 수 있는 것이 얼마나 많았던가. 한 장의 종이는 여백이 없을 정도로 연필 자국이 남아야 했고, 마침내는 비행기가 되고 배가 되고 개구리가 되었다가 학이 되어 날기도 하였다. 그것도 아니면 딱지가 되거나 불쏘시개가 되었다.

아빠가 바쁘다는 핑계로 작업실에 앉아 있으면, TV를 보다가 심심해진 녀석은 그림을 그린답시고 종이를 달라고 한다. 그럴 때면 나는 이면

지를 대여섯 장 주는데, 녀석이 대여섯 장의 종이를 허비하는 데 걸리는 시간은 삼십 초도 되지 않는다. 자꾸 방문을 열어젖히는 것이 귀찮아서 나는 스무 장쯤의 종이를 주어버릴 때도 있다. 하지만 녀석이 그 종이를 다 썼다고 말하는 것도 오 분 남짓 후이다.

아무리 넉넉하더라도 함께 놀 사람이 없다는 것만큼 외로운 것은 없다. 녀석은 어린 나이에 외로움을 먼저 배울 수밖에 없다. 밖을 나가보아도 동무는 없고, 막대기로 건드려볼 수탉 한 마리 없다. 비단 우리집 아이에게만 해당되는 것은 아니지만, 도시라는 공간은 아이를 키우기에 적당하지 않다. 눈 뜨면 가야 하는 곳이 놀이방이나 각종 학원뿐이다. 놀 곳이 없는 곳이다.

예전에는 놀면서 대개의 것을 배울 수가 있었는데, 지금은 공부의 시작부터 억지일 뿐이다. '나이 먹기 놀이'를 통해서 산수를 배우고, '팽이치기'를 통해 원심력과 구심력을 배우고, '종이배'를 띄우며 부력의 원리를 이해할 수 있었는데, 지금은 모두 원리를 먼저 외워야 한다. 놀이여야 할 공부가 일이 된 것이다. 그렇다고 학원 같은 곳을 보내지 않으려 해도 놀아줄 동무들이 없기 때문에 아이는 외톨이가 되기 쉽다.

아이를 데리고 다니면서 이런저런 고민을 이야기한다. 가령 인사를 하기 싫어하는 것이나 밥을 잘 먹지 않는 것, 어리광이 심한 것을 예로 든다. 그러면 대부분의 사람들이 '에맨살(음력 12월생으로 곧 구정이 되어 먹은 나이)을 먹었기 때문'이라고 답을 한다. 녀석의 생일이 12월인 까닭에 그 말에도 일리가 있다.

164

이제 봄이다. 내일은 아이를 데리고 뒷산에라도 다녀와야겠다. 대나무를 구해 도롱태를 만들어주는 것도 좋을 것이다. 아이에게는 마땅하지 않을 수 있는 도시의 생활이지만, 숨통은 터주고 싶다. 문제는 '에맨 살이 아니라, 혼자 놀 수밖에 없음'이다. 혼자서 TV에 열중해 있는 아이의 손을 꼭 잡아본다. 오직 미안한 마음뿐이다.

취우 선생 집들이

아직(아침)부터 온 집 안이 난리다. 우리 집안의 구대 종손인 큰성(이영흠)은 장자라는 이유로 며칠 전부터 서울에서 내려와 있었다. 때맞춰 방학이어서 아이들도 싹 다 모텼다(모였다). 아버지(취우 선생)는 안 하던 약주를 한 모금씩 하면서, 요것조것 신청을 한다. "차일을 치지?" "방이 널루와붕께 칠 필요 읎다!" 의견이 분분하다. 결국 작은아버지(치인 이봉준)의 강압에 끌려가지고 마당에는 넓은 으지(비바람을 피할 수 있는 공간)가 만들어졌다.

상서로운 구름이 용두봉 쪽에 뭉게뭉게 피어 있다. 돼지를 잡고 염소도 한 마리 잡았다. 여름 잔치 가면 먹을 것 없다는 말을 무색하게 할 만큼 마련된 것도 많다.

이장인 양산 아제는 아침 일찌거니 앰프에 대고, 온 동네 사람들한테 술과 밥을 먹으러 오라고 방송을 했다. 하나 둘 사람들이 모여들고, 가방(임시 부엌)에 있는 일손들이 바빠진다.

"아야, 실리 아제 상에 간제미가 빠졌다야?"

어머니(수동떡)는 일에 익은 솜씨로 이 상 저 상 찬찬하니 살펴본다.

"예, 엄니, 간제미 여그요."

음식들이 허공에 날아다닌다.

"수박이 이상(예상 밖으로) 달다야."

"맥주 몇 벵만 더 갖고 오그라."

부르는 소리도 많고, 움직이는 발길도 분주해진다. 오랜만에 내레온 막둥이 작은아버지(이봉국)는 운전사가 되었다.

"신작로에 호계 고모가 왔닥 한디……"

누군가를 막 태워가지고 온 막둥이 작은아버지는 차에서 내리지 못하고 다시 신작로로 차를 몰고 간다.

"아부지! 외반 사넌 친구분이라고 전화 왔는디요이."

"이, 알았다. 어디 기신닥 하디?"

"아곱시 반 차럴 타겠다고 한디요."

"누가 나가봐사 쓰 껏인디."

"지가 갔다 오께라."

또 막내 작은아버지가 차를 몰고 나간다.

백 년 만에 다시 지은 집이다. 양옥이라 조금 아순 마음은 있지만, 목숨 놔버리기 전에 새 성조를 해서(집을 지어서), 아버지는 요 사람 조 사람 싹 다 불러놓고 자랑을 하고 쟢어한다. 마을 사람들이 한 상을 치워

버릴 무렵 외반데(외부의) 사람들이 하나 둘 오기 시작한다.

"외겠어요?"

건성으로 인사를 하는 나를 붙들고, 아버지 친구분 중 한 분이 새껴리 (새참) 먹을 시간만치나, "예으가 그것이 아닌 것이다" 예법교육을 한다. 무슨 소리가 오가건 야마튼(하여튼) 여기저기서 웃음소리가 높다.

"아야, 여그 멤생이(염소) 수육 조깐 갖고 오그라!"

이숙과 마주 앉은 아버지가 목소리를 높인다. 처음부터 수육은 없었다. 멤생이란 것이 잡아놓으면 '묵자껏(먹을 것)'이 없다. 그래도 어떤 분의 분분데, 마다할 수는 없는 노릇이다. 가방에서는 수육 한 접시를 맹길아 내놓는다.

"우리도 수육 조깐 주그라."

상에 수육이 없는 것에 부애(부아)가 난 호계 고모가 소리를 지른다.

"고모, 수육이 읎는디요이."

"그라면 읎는 수육이 누구한테넌 있고, 누구한테넌 읎고 그란다냐?"

할말이 별로 없다. 조금 전의 수육이란 것이 탕에서 건져낸 고기 몇 점이기 때문에 그렇다. 탕 속얼 휘휘 저어서 살코기를 건져보지만 수육이랄 수는 없다.

난데없이 바깥이 소란스럽다. 현판식이란 것을 한다고, 아버지 동창 계 회원들이 줄을 지어 섰다. 옥상 한쪽에 숨어서 담배를 피우던 큰형이 핑하니(재빠르게) 마당으로 내려선다.

사진을 찍는다고 몇 사람이 설쳐대는 통에, 나이 든 사람들이 땡볕 아래 땀 뻘뻘 흘리며 서 있다.

"조깐만 더 서 계십시요이."

사진을 찍을 때는 사진사가 왕이다. 모두 현판을 덮은 종우에 매달린 끈타발을 잡고, 초등학교에 입학한 아그덜차로(처럼) 서 있다. 육십여 년 전쯤에 이들은 한 교정에서 이렇게 줄을 지어 서 있었을 것이다.

"와마, 더운 거. 언능언능 해불제."

"야, 알었습니다이. 근디 잠깐만요. 혹 모릉께, 카메라 조깐 바꿔갖고 한 판만 더 찍고요이."

"알었네, 알었어."

땀에 옷이 다 젖어버렸지만, 사람들은 손에 쥔 끈타리를 놓지 않는다.

"인자, 한나 둘 싯, 하면 땡게불면 됩니다이."

"알었네. 언능 하소."

손에 든 부채로 바람을 불러보기도 하지만, 더위를 쫓기에는 가망 택도 없다.

"한나."

"둘."

"싯!"

끈타리를 당기자 '翠雨堂'이라 쓰인 현판이 나타난다. 붓글씨를 하는 작은아버지가 직접 글씨를 쓰고 서각한 작품이다.

"인데까장(이제까지) 서 있었응께, 인자 우리 사진 한나 찍어주소."

"내동(내내) 찍었는디요."

"고거 말고, 맨 뒤에서 찍고 그랬응께. 우리 요라고 서 있을 텡께, 한 장 언능 찍소."

"예, 알았습니다이."

행사 사진 아닌 사진을 찍는다는 것이 중요하다. 들러리에서 주인공으로 바뀌는 순간이다.

"글써(글씨)가 조깐 해린(부족한) 것 아니여?"

누군가가 농담을 한다. 몇 사람은 방으로 들고, 또 몇은 술상을 따로 만들어 사장으로 가져오라고 한다. 바쁜 와중이지만 욕먹을 수는 없는 노릇이라, 마을 앞에 있는 사장거리까지 술과 안주가 배달된다. 온 마을이 식당이고 온 마을이 잔치집이다.

폴싸케(벌써) 술이 취한 실리 아제는 모정에 누운 채로, "맥주 두 뱅만 더 갖고 오니라" 신신당부를 한다. 당아도(아직도) 해는 높고, 서둘러 가는 사람, 또 오는 사람, 샐팍(대문 밖)은 분주하다. 여름 손님 하나도 안 반갑다고 하지만, 오늘은 모두 반가운 손님들이다.

"오모메, 널펑네 고모 외겠다야?"

"고모 외겠소?"

"사둔, 오랜만이요이."

"더운디 무다라 왔으까."

"요란 일이나 있어사 보제이."

인사하는 방법도 적지금(제각각)이다. 햄비짝(한구석)에서는 몇 사람씩 얼어(어울려)가지고 이야기꽃이 한창이다. 이런 얘기 저런 얘기

170

하다가,

"와마, 성님이 맹년에 벌써 환갑이요?"

"그라제이. 니만 나이 묵은 지 알았냐?"

하는가 하면,

"이 집 자리가 겁나 씬 자리란 말이요."

"그라제이."

"엄마나 씨냐 하면, 한본언 나럴 지붕 꼭대기다가 땡게불드란(던져버리더란) 말이요. 그날 성수하고 말다툼얼 혔던 날인디……"

안부에서부터 집자리 이야기까지, 주제는 따로 없다.

"나, 인자 갈라네이."

"어허, 더 재겠다(계셨다) 가시제."

"아니, 갈라네야."

"문 소리여. 이리 오란 마시(말이오)."

해가 지기 시작하면서부터는 노랫소리가 퍼지기 시작한다. 아버지도 빠질 수 없다. "울 밑에 선 봉선화야 니 모양이 처량허다……" 젊어서는 가수 소리를 들었는데, 나이 탓에 호흡이 쪼깐 가쁘기는 하다. 그럼에도 아버지의 노래를 첨 듣는 며느리들은 그 솜씨에 깜짝 놀란다.

"홍도오야아— 우지 마아라아— 옵빠가아……" 어쩌고저쩌고, 또 몇은 장구를 갖다가 뚜당뚜당 뚜들기면서, 허허 보릿대춤도 추고……

아따, 성제간들 수두룩허니
모레갖고 한 봉산이나 했구마

토요일 저녁 난데없이 서울에 사는 작은형(이광홈)이 전화를 하였다.

"이, 난디, 나 지금 시골 내려왔다."

"문 일이요?"

"낼모레 추석인디, 벌초를 해야 될 건데, 암도 못 내려온다고 그러길
래 나라도 와서 도와야겠다, 생각하고 왔는데, 너는 어쩌냐?"

종가인지라 벌초할 묘가 많은 탓에 봉분만 찾아다니는 데도 하루가
꼬박 걸리는데, 해마다 벌초는 시골에 사는 형과 동생의 몫이었다. 다
른 형제들은 그저 추석에 내려가서 고생했다는 말 한마디로 수고에 대
한 보답을 하곤 하였는데, 지난 설에 그 문제에 대한 논의가 있었다. 벌
초를 할 때 형제의 반이라도 모여서 하자는 이야기가 나왔던 것이다.
모두 참석하는 것은 어렵더라도 여름휴가를 맞춰서 형제들이 모여서
벌초를 하게 되면, 남들 보기에도 좋지 않겠냐는 의견이 나와서 합의가

172

되었다.

그런데 사람 사는 일이 예정된 것처럼 살기는 쉽지가 않아서, 사업을 하는 큰형은 수금에 문제가 생겨 밤낮을 가릴 수 없게 되었고, 회사를 다니다가 조그만 사업체를 차린 셋째형도 사정은 비슷하다고 하였다. 그래서 회사에 다니는 둘째형이 자신이라도 벌초를 함께 할 생각으로 내려온 것이었다.

"이, 알었소이. 어찧게 틈을 내봐사제" 하고는 전화를 끊었다. 하지만 밤샘을 보통으로 하는 생활인지라 아침 일찍 일어나는 것은 무척 힘들었다. 서둘러 잠에서 깨었다고 했는데, 시간은 벌써 오전 아홉시가 넘어 있었다. 마른 입에 밥을 쑤셔넣고 부리나케 씻고 옷 입고, 벌초를 한답시고 시골에 갔더니 이미 시간은 열한시가 되었다.

"무다요?"

벌초를 한다고 모이자던 사람들이 모조리 집에 있었다. 작은형은 닭을 잡는다고 수돗가에 있었다.

"아니, 벌초는 안 하고, 문 닭부텀 잡는 사람들이 어덨다요?" 하는 내 말에, "펭야 모테서 먹으려고 그러지. 벌초가 더 중하냐? 산 자손들이 모여서 재미지게 있는 것을 보면, 조상들도 마음이 편하고 그러지. 그라고 오늘 저녁에 지사도 있닥 한다" 하고 작은형이 대답했다.

일 년이면 아홉 번의 제사가 있기 때문에 나는 우리집의 제삿날이 언제인지 모르고 산다. 그런데 무심코 시골집에 들렀다가 제사를 지내고 온 것이 한두 번이 아니다. 우연의 일치이겠지만, 어르신들은 돌아가신

조상이 불렀기 때문이라는 말을 많이 한다. 기왕 벌초를 하러 왔으니 별수 없이 제사를 지내고 내일 올라가야 할 판이다. 읍내에 사는 동생이 오고 누나와 매형이 오기로 했기 때문에, 그새 모일 형제는 오남매가 된다. 그래서 벌초 끝내고 먹기도 하고 제사상에 올릴 셈으로 씨암탉을 두 마리나 잡았다고 한다. 한 마리는 낮에 삶아서 먹고 다른 한 마리는 제사상에 올린다고 한다.

"알어서 하씨요. 나사 관계없는 사람잉께."

내 말에 작은형은 눈을 동그랗게 뜨고 말을 받는다.

"너는 아직도 닭고기 안 먹냐?"

"고것이 무가 좋다고…… 무다라 묵으 껏이요."

"그래도 한 점 해봐라? 촌닭이라 틀리단마다."

형의 말투에는 금세 사투리가 섞인다.

"형님이나 많이 드시씨요."

그런데 다듬은 닭고기에서 생으로 먹을 것을 발기던 작은형이 제사상에 올라갈 닭의 날개를 자르고 있다.

"아니, 시방 무다요? 고것은 짓상에 올린담서……"

"이, 그런다이. 어쩌지? 에이 이쪽까지 잘라버리지, 뭐."

졸지에 제사상에 오를 닭은 날개 없는 닭이 되어버렸다.

"하아따, 짓상에 올른 닭을 보고 그라시겠소. 시상이 많이 벤해갖고 닭들이 아조 많이 진화해부렀구마이, 그라시겠소" 하는 내 말에 작은형도 웃는다.

벌초를 하기도 전에 술잔이 먼저 돈다. 새로 지은 집인데다가 거실의 넓이가 열댓 평은 되는데, 벌초를 한다고 우리 형제들이 왔다는 말을 듣고는 일가친척들이 모여들어서, 너른 거실에 열 명 남짓한 사람들이 막 잡은 닭고기에 소주를 마신다.

"아따, 얼릉, 벌초부터 하고 머슬 묵든가 그랍시다."

하지만 내 말은 공염불에 불과하다.

"니가 예초기를 쓸지 아냐?"

"못 하제."

"글먼 누가 벌초를 한다냐? 어차피 명흠이가 오든가 인흠이가 와사 벌초를 하든지 말든지 하지."

그 말도 맞는 말이다. 벌초를 한다고 서울에서 광주에서 차를 몰고 왔지만, 정작 벌초를 할 수 있는 사람은, 이전부터 벌초를 도맡아서 했던 사람뿐이다. 결국 점심때가 돼서야 다른 일을 갔던 명흠형이 오고, 오랜만에 만난 삼형제가 벌초를 하러 나선다.

하지만 오랫동안 사용하지 않았던 예초기가 말을 듣지 않는다. 힘껏 잡아당기면 부릉부릉하다가 이내 엔진 소리가 잦아든다. 자주 사용하지 않은 탓도 있지만, 기름과 엔진 오일이 동시에 공급되는 2기통 엔진이라서 그런 문제가 자주 발생한다고 한다.

벌초를 한다고 나선 지가 한 시간이 다 되어가는데, 기계의 고장은 반복되기만 한다. 도저히 고쳐질 기미가 보이지 않는다. 산에 올라갔더라면 몇 군데 벌초를 끝낼 수 있는 시간인데, 기계에 매달려 한 시간을 보냈다.

"에이, 딴 집 껏을 빌려다 해사 쓰겄다."

시골에 사는 명흠형이 화물차를 끄집고(끌고) 예초기를 빌리러 갔다 와서야, 우리는 산으로 오른다.

"카만 있어봐라이. 어서부텀 해부까?"

우리가 벌초를 해야 할 곳은 모두 열 군데이다. 서당골에 있는 오대조 할머니 묘소부터, 안산에 있는 오대조 할아버지, 원테, 본남골을 거쳐서 비까레 박골에 있는 증조할아버지와 할머니의 합봉까지 벌초를 해야 한다. 가만히 코스를 생각해보던 명흠형이 "서당골부텀 합시다" 하고 나서 일정이 잡힌다. "서당골로 해서 안산으로 해서 원테로 갔다가……" 하자, "그래, 그래불자" 하면서 서당골로 향한다. 지고 가는 것은 자신이 하겠노라고, 작은형은 기어이 예초기를 멘다.

비가 많이 와서 그런지, 산길은 그대로 또랑이 되어서 물이 찰랑거린다. 잘못 디디면 신발이 다 젖을 수밖에 없어서 조심조심 가려 디디며 산을 오른다.

묘소에 도착하여 절을 하고 나서 벌초를 시작한다. 한 번도 해보지는 않았지만 그냥 있을 수는 없어서, 내가 하겠노라고 예초기를 메고 벌초를 시작하였다. 씽씽 도는 날이 무척이나 조심스럽다. 그런데 불과 몇 번 어깨를 휘저었을 뿐인데, 뒤에서 "에이— 그만둬라" 하는 소리가 들린다. 일을 하는 품이 영 못마땅했나보다. 이번에는 작은형이 나서서 예초기를 멘다. 나보다는 훨씬 잘하기는 하는데, 예초기가 자주 꺼진다. 기계를 잘못 다루었기 때문일 것이다.

한 평이나 일을 하였을까. 결국에는 보다 못한 명흠형이 나선다. 역시 일을 해본 사람과 아닌 사람의 차이는 엄청나다. 몇 시간이 걸릴 것 같던 봉분 하나가 금방 말끔해진다. 나는 갈퀴를 들고 베어진 풀을 밖으로 긁어낸다. 내가 할 수 있는 일은 이것밖에 없다.

"그래도 시 봉산은 해사제, 벌초했단 말이나 듣제."

봉분을 '봉산'이라고 하는 것은 이 지방의 말이다.

"그랍시다. 안산에 갔다가 원테까장만 하고 마칩시다."

그렇게 산을 내려오는데, 비가 떨어진다. 하늘은 금세 우중충하여 비가 그칠 기미도 없다. 소나기를 피해 명흠형의 집으로 들어간다. 형의 집은 산 가까이 따로 있다.

"비 조깐 피했다가 갑시다" 하는 말에 이의를 달 사람은 없다. 냉장고에서 소주 한 병을 꺼내 김치를 안주 삼아 삼형제가 한잔씩 한다. 그런데 도무지 비가 그칠 것 같지 않다. 그렇게 또 한 시간을 보낸다. 빗방울은 더 굵어져서 발길을 붙들어맨다.

"오늘 벌초하기는 글렀구마. 그만 합시다."

명흠형의 말에 모두 동의를 한다. 어차피 남은 무덤들은 가까이 사는 사람들의 몫이 될 것이기 때문에, 서울에서 온 작은형이나 광주에서 온 나나 별로 할말은 없다. 예초기를 주인에게 돌려주고 부모님이 사는 집으로 내려간다. 모여 있던 친척들이 "아따, 성제간들 수두룩허니 모테 갖고 한 봉산이나 했구마?" 농담을 한다.

"먼 데서 왔다고 쉬어가라고 그요. 와마, 나는 다 끝내고 갈락 했듬마
는……"

작은형의 익살에 거실이 떠들썩해진다.

상그롬하니 맛나 껏이라

"아부지다!"

아버지는 전화를 할 때마다 첫마디를 꼭 그렇게 한다.

"달래 그라잖애(달리 그런 것이 아니라), 벌금을 안 내먼 문 차압을 들어가겄다고 그래서 전아했다."

"아, 또 경찰서에서 고지서 왔던가요?"

"큼메(글쎄) 그란단마다. 한두 본도 아니고, 자꼬 오니께."

"그거, 다 똑같은 거예요. 벌금을 안 내고 있응께, 계속해서 독촉장 보내는 거예요."

"그래도 글제. 싸쌀(살살) 다니그라!"

아버지의 그 말 뒤에는 '돈은 못 범서'라는 말이 생략되어 있다.

"알었어요. 조만간에 내레갈게요."

"은제 올래?"

아버지는 기다렸다는 듯이 시기를 묻고 나온다. 막상 아버지가 언제 내려올 거냐고 물어오니, 또 말문이 막힌다. 재빨리 달력을 보면서 일정을 헤아린다. 날을 하루하루 꼽아보지만 마땅하지 않다. 토요일 밤이나 되어야 틈을 낼 수 있을 것 같다고 하였더니, 아버지는 또 "달래 그라잖애, 문 책도 허뿍(듬뿍) 와부렀고, 원고 땀세(때문에) 펜지도 솔찬히(꽤) 와서 그란다" 하신다.

"알었어요. 토욜날 갈게요."

토요일이 되어 시골집에 갔더니, 해가 길어진 때문인지 아직도 한창 낮이다. 오리 발자국 같은 토끼풀이 맨 먼저 반긴다. 현관 앞의 토끼풀은 변종이 많다. 네잎 클로버는 기본이고, 다섯잎이나 여섯잎 클로버도 어렵지 않게 볼 수 있다. 작약의 순은 불에 갓 달군 쇠붙이처럼 봄을 지지고 있다. 파스텔로 그린 듯 어리어리한 패랭이꽃은 세력권을 넓히고 있다. 망망치꽃이라고 부르는 할미꽃도 드문드문 피어 있다.

전라도에서는 할미꽃을 '망망치꽃' 이라고 하는데, 망망치꽃이나 할미꽃이나 늙은 여자와 관련이 있다는 의미에서는 다르지 않다. 늙은 여자를 칭하는 말에 할망구라는 것이 있는데, 요즘은 그 말이 비하하는 뜻으로 쓰이는 경우가 많지만, '망구' 라는 말은 그다지 천한 뜻을 지니지 않았다. 망구(望九)는 아흔을 바라보는 나이라는 뜻으로, 여든한 살을 가리키는 말이다. 하지만 그 '망구' 라는 말이 붙은 '할망구' 라는 말은 어찌된 일인지, 늙은 여자를 칭하는 데만 사용되고 있다. 예전에는 늙은 남녀를 다 가리켰다. 그 망구에서 나온 '망' 이 연달아 붙어 이름이 되었으니, 망망치꽃도 할미꽃이라는 말과 뜻이 같다.

죽순이 늦은 대밭인데도 죽순이 나려는지, 묵은 대의 잎들이 누우렇다. 곤줄박이 몇 마리가 죽순을 호명하고 있는 것 같다. 손가락 크기만 하던 호랑가시나무들도 제법 키 자랑을 한다. 현관 앞의 토끼풀 군락에서 다섯 잎이나 여섯 잎쯤 되는 클로버들을 따본다. 어린 시절엔 네잎 클로버를 찾는다고 하루 종일 헤매었던 적도 있었다. 그렇게 싸돌아다니다보니, 네잎 클로버도 아무 데나 있는 것이 아니라 특정한 군락에 많다는 것을 알게 되었다. 흔하고 흔한 것이 토끼풀이었지만, 네잎 클로버가 많이 나는 토끼풀 군락은 따로 있었다. 우리 마을의 경우에는 만손배미 근처의 한 군락에 네잎 클로버가 많았다. 그곳에서는 네잎 클로버 정도는 평이한 것이었고, 그래도 귀하다고 하려면 여섯 잎이나 일곱 잎쯤은 달고 있어야 특별한 클로버가 될 수 있었다. 나는 변종이 많은 토끼풀 군락이 따로 있음을 알고 나서부터 『걸리버 여행기』에 더 흥미를 가지게 되었다. 변종이 많은 토끼풀 군락이 따로 있는 것처럼, 거인이나 난쟁이가 사는 나라도 따로 있을 것이라는 생각에서였다. 한참 동안 어린 시절 추억에 묻혀 토끼풀 군락을 뒤지고 있는데, 저녁 먹으라는 어머니의 목소리가 들려온다.

"니는 묵도 안 함서 무다라 띠왔냐?" 하시던 돼지고기를 굽고, 싱건지에 똘미나리 무침에 저녁상이 걸다. 거기다가 상추잎만한 참취잎도 놓여 있다.

"문 노무 참취잎싹이 이라고 크다요?" 하였더니, "산에서 뿌랭기(뿌리)를 캐다가 싱게놨듬마 이라고 커불드라" 하였다.

"된장 갖다가 쌈을 해묵어사 쓰겄구마" 하면서 일어나 된장을 가져와 쌈을 해먹는다. 밭에서 난 것이라고는 하지만, 산 가까운 밭이니 산에서 난 것과 크게 다를 바가 없다. 거기에 사람의 정성이 깃들었으니 쌉싸름한 그 맛이 달지 않을 수 없다.

"아따, 맛납소."

맨밥에 된장 찍어 쌈을 해먹었더니, "그란해도 니 오면 묵을라고 비왔다" 하면서 어머니는 취나물잎을 더 씻어온다.

"우째…… 자고 가 끄냐?"

아버지는 소주병을 들어 잔을 채우면서 말을 건네신다. 자고 갈 것 같으면 한잔하라는 말일 것이다. "그냥 갈 거예요" 했더니 당신의 잔에만 술을 따른다.

밥 먹고 났더니, 어머니는 또 무엇을 내주려는지 부산하다. 올 때마다 보따리 몇 개씩을 차에 실어간다. 내가 부모님께 갖다드리는 것은 기껏 해야 소주나 돼지고기 따위이지만, 어머니가 주시는 것은 올 때마다 한 차다.

"쑥을 조깐 캐났다. 국 끓에 묵을랑가 몰겄다마는……"

쑥을 캐서 주기는 하지만, 행여 국도 끓여 먹지 못하고 버릴 가능성이 있다는 것을 빤히 안다는 말투다. 어머니가 캔 쑥은 시장에서 산 것과는 확연히 다르다. 쑥의 뿌리 부분이 유독 검은 것이 어머니가 캔 쑥의 특징인데, 뿌리가 상하지 않게 밑동만 도려내서 캔 탓에 딱딱하게 된

줄기가 그대로 붙어 있다. 어려웠던 시절 입에 넣을 수 있는 것을 최대한으로 하려 했을 그 태도가 그대로 배어 있다. 그것은 다른 것에 대해서도 마찬가지인데, 표고버섯 요리를 할 때에도 어머니는 단단한 뿌리 부분마저도 버리는 법이 없다. 딱딱하다고 버리는 그 순간에 쓰레기가 될 것들이 어머니의 손을 거치면 맛있는 음식이 되는 것이다.

커다란 비닐봉지에 든 쑥이 많기도 하다. 어머니는 이 쑥을 캐기 위해 아픈 다리를 끌고 하루 종일 논둑에 앉아 있었을 것이다. 쑥을 담은 봉지 속에 작은 봉지 하나가 들어 있다. 엉겅퀴다.

"요건 무다라 넣었소?" 하였더니, "요새 항가꾸(엉겅퀴)가 엄마나 상그론지 아냐?" 하였다.

"쌈 싸묵은다?"

"국 끓에 묵제."

"요거만 갖고요?"

"아니, 쑥국에다 썩썩 썰어갖고 끓에 묵제. 상그롬하니 맛나 껏이다."

올라가겠다고 현관을 나서는 와중에도 짐은 자꾸 늘어난다. "생페고(표고) 조깐 담었다" "불미나리 조깐 가지갈래?" 계속되는 어머니의 말 중에 문득 불미나리라는 말이 귀에 들어온다.

"불미나리가 무다요?"

"아, 밑이 뿔그작작하니 그란 거야. 펭야 똘미나리."

"있으면 잠 주씨요."

"그라그라. 해묵을지나 알랑가 몰겠다마는……"

조수석에 어머니가 주신 야채 등속을 놓다보니, 그 자리가 꽉 차서 사람 하나 앉아 있는 것 같다. 어느새 사람이 되어버린 것 같은 어머니의 향을 싣고 시골집을 나선다. 그 어떤 요리보다 맛이 있는 어머니의 말까지 들었으니, 봄 타던 입 안에 싸한 쑥내가 돈다.

차말로 고물이 푸지라이

추석이라서 오랜만에 고향에 다녀왔다. 일에 쫓겨 피곤한 몸이지만, 일 년에 두 번 있는 명절을 외면할 수는 없는 노릇이다. 그렇게 무리해서라도 고향집을 찾지 않으면, 멀리 사는 동무들이나 친지들의 얼굴은 일 년 내내 못 보고 지내게 되기 때문에 억지로 다녀왔다.

닭을 잡고 오리를 잡고 마을 한구석에서는 돼지 한 마리쯤 잡아야 명절 분위기가 난다. 일 년 동안 집에서 기른 짐승을 제물로 준비하는 것이다. 어머니는 송편을 빚는다고 준비를 한다. 다른 지방에서는 송편을 '송편'이라고만 부르지만, 전라도에서는 달리 부른다. 송편은 솔잎을 깔고 찐 떡이라 '송펜'이라 부르기도 하고, 달 모양을 닮았다고 해서 '얼펜(월편)'이라 부르기도 하는 것이다.

요새는 집에서 떡 찌는 모습을 거의 볼 수가 없다. 방앗간에서 쪄온 떡이 도착하자, 이 사람 저 사람 떡 맛을 본다.

"차말로 고물이 푸지다이. 그전에넌 고물 적은 집이서넌 양애(양하) 잎싹얼 넣고 떡얼 해묵고 그랬제."

어머니는 옛 시절을 떠올린다. 부엌은 부산하다. 지지고 볶으고 디치고 무치고 티기고 찌고 덖으고 삶으고 제사상에 오를 음식이며 입 많은 가족들이 먹을 음식을 만들기에 바쁘다.

"꼬막얼 삶울 때게넌(때에는) 살째기 핏물이 돌 만치 해사 쓴다이."

늘 해보아도 실패하기 쉬운 것이 꼬막 삶는 일이다. 벌써부터 건넛방에서는 술판이 벌어지고, 객지에 나가 사는 고등학교 시절의 친구가 술병을 들고 대문을 들어선다.

"오메, 오냐?"

"이, 은제 왔냐?"

그나 나나 입에서 사투리가 튀어나온다. 절을 받고 나서 어머니는 술병을 가리키며 "무다라 이런 것을 사갖고 왔으까이" 타박 아닌 타박을 한다.

오랜만에 동네 방송이 왁자하게 퍼져나온다. "거시기, 원테 영철이 집이서 디아지럴 잡고 있응께, 괴기 필요하신 냥반들은 가시기 바랍니다." 집집마다 한 사람씩 영철이형네로 향하고, 아이들은 아이들대로 올벼쌀을 씹어먹으면서 마당에서 뛰어논다.

"큰성은 온닥 합디요? 우짭디요?"

"못 온닥 하드라. 이참에넌 아그덜이 하레빽이 학교럴 안 신다고……"

어느새 어스름이 깔리고, 한쪽에서는 화투판이 벌어진다. 아이들은 종이로 만들어진 그림딱지로 딱지치기를 하고 어른들은 화투를 가지고 딱지치기(빠이치기)를 한다. 그나저나 한국인의 놀이문화는 다양하기 그지없다. 단순한 화투 한 갑 가지고 만들어낸 놀이만도 한둘이 아니고, 그중 어떤 놀이도 표준이라는 것이 없다. 그것은 언어에 있어서도 마찬가지다. 고스톱 룰이 지역마다 다르듯이 재 하나만 넘어가도 언어의 변용이 나타난다.

아무리 늦게 잠들었어도 새벽에 일어나야 한다. 집안의 예법에 따라 상을 차리고 해 뜨기 전에 제사를 마친다. 음복으로 아침을 먹고 술잔을 돌린다. 청주는 금세 떨어지고 막걸리로 바뀐 술이 두어 잔 돌 무렵이면 마음 바쁜 숙부는 산에 가자고 마당에 서 있다.

최근에 와서는 성묘라는 말이 많이 쓰이고 있지만, 고향에서는 성묘 가자는 말을 따로 사용하지 않았다. 그냥 "산에 가자" 그러면 말이 통했다. 명절날 산에 가자고 하는 것은 무덤 앞에 가벼운 음식을 차리러 가자는 것이고, 벌초하러 가는 날엔 벌초를 하러 가자는 뜻으로 산에 가자는 말을 사용하였다. 산에 가는 것은 사실 조상을 만나러 가는 것과 같았으니까 그랬는지도 모른다.

서둘러 산에 갔다 오니 점심참이 된다. 바쁜 사람들은 벌써 하직을 고하고, 남은 사람들은 남은 사람들끼리 윷판을 벌인다. "또다" "때(개)다" 웃음소리 높아지고, "이, 엄버부러(엎어버려)" "윷이다" "잡어불고" 높아지는 웃음소리처럼 환한 달이 떠오르도록, 집집마다 사람 소리가 오랜만에 가득하다.

양념딸이 일은 다 해부렀구마이

몇 년 만에 내린 폭설로 세상이 온통 백색 천지였던 날, 부모님의 금혼식이 있었다. 서울에서 부산에서 몰려온 가족들이 며칠 전부터 음식 장만에 나서고, 오랜만에 떠들썩해진 고향집엔 늦도록 불이 밝혀져 있었다. 조카 녀석들은 노래를 부르고 개다리춤을 춰서 할아버지 할머니를 기쁘게 만들어주었고, "두만강 푸른 물에……" 노랫소리는 밤늦도록 이어졌다.

금혼식날. 빙판이 된 도로 때문에 군내버스가 다니지 않았다. 그래도 사람들은 자가용을 타고 택시를 타고 이른 아침부터 들이닥쳤다. 아무리 수명이 길어졌다고 한다지만 금혼식이라는 것이 흔한 것이던가. 결혼한 지 오십 년 만에 다시 치르는 결혼식이라고 해서 황금결혼식이 아니던가. 재혼이어서도 안 되고, 자손 중에 먼저 운명한 경우가 없어야 하고, 이혼한 자식이 있거나 사별한 자식이 있어서도 안 되고, 거기다가 큰아들에게 아들이 있어야만 가능하다는 금혼식.

손님들과 자리를 함께하면서 어머니의 입에서는 연신 자식 자랑이 쏟아진다. "요 반지는 우리 육차가 해주드란 말이요. 생각도 안 하고 있었는디, 멜갑시(괜히) 읍으로 오락 하드니, 지그 아부지하고 내 손꾸락에다 반지를 딱하니 찡게줘불드란 말이요."

어머니의 말에 사람들은 저마다 덕담을 건네준다.

"아아따, 소자(효자) 낳네이."

"군청에 댕기는 것이 육차지라이?"

정도를 넘어가는 자식 자랑이더라도 무슨 흉이 될 수 있을까. 사람들의 웃음소리는 굵은 눈발이 되어 세상을 하얗게 덮는다. 높고 낮음이 없는 눈 세상. 눈으로 뒤덮인 세상은 흑백필름으로 오랜 세월을 현상해 낸다.

"작년에 집 짓니라고 자석들이 돈을 다 써부러갖고, 지그들이 가뿐디 기언씨(기어이) 이라고 일을 벌레부요."

나이가 그만그만한 노인들 앞에서 어머니는 또 자식 자랑이다.

"추석 실 때까장 벨 말이 없길래, 기냥 넘어갈랑겁다 혔듬마는 큰것이 나서갖고 이라요안."

작년에 부모님이 사는 집을 새로 짓기 위해 팔남매가 삼백만원씩 갹출을 하였다. 특별히 잘산다고 말할 수 없는 형제들로서는 버거운 금액이었다. 새집을 짓고 나니 아버지는 집들이를 하겠다고 하였다. 형제들은 "집들이는 무슨 집들이냐?"고 하였지만, 아버지의 마음을 모르는 것은 아니었다. 칠십 평생 살면서 동무들 앞에 이렇다 할 이력이나 모양새를 내밀지 못한 노인네의 생각이 무엇이었겠는가. '봐라, 이놈들아. 힘들었지만, 나는 우리 자식들이 이렇게 집을 지어주었다' 자랑하고 싶었을 것이다. 그래서 아버지의 칠순잔치는 집들이와 겸해서 이루어졌다.

그리고 해가 바뀌니 어머니의 칠순과 두 분의 금혼식이 겹치게 되었다. 잔치를 어떻게 해야 할 것인가 많은 얘기들이 오갔다. 어머니의 칠순이 먼저 닥쳤다. 서울에 있는 형들이 뷔페를 잡아 잔치를 하자 하여, 어머니의 칠순잔치는 서울의 한 뷔페에서 단출하게 치러졌다.

문제는 금혼식이었다. 해야 한다는 당위성은 다들 생각하고 있었지만, 누구도 선뜻 나서지 않았다. "중국여행이나 한번 다녀오세요" "금강산 구경이나 다녀오세요" 그런 얘기는 쉽게 나왔지만, 금혼식을 한다는 것은 엄두를 내지 못하였다. 그런데 부모님의 입장은 달랐다. 중국구경이나 금강산 구경 같은 것은 별로 내키지 않는다고 하였다. "느그들이 가뿐께 기냥 넘어가자" "우리도 염치가 있는디, 이라고 집까장 져줬는디, 금혼식은 문 금혼식이다냐?" 하는 것이 어머니의 입에서 나온 부모님의 공식 입장이었다. 하지만 어머니는 말끝을 흐렸다.

11월이 지나도록 아무도 금혼식 이야기를 하지 않았다. 나도 나설 만한 형편은 못 되었다. 그래서 침묵을 하고 있었다. '하면 좋지만……' 그것이 모든 형제들의 생각이었을 것이다. 어느새 12월이 되었다. '금혼식을 하지 않을 모양이구나' 그런 생각이 굳어가고 있을 때였다. 서울에 사는 큰형이 느닷없이 광주에 사는 내게 왔다. 자주 오지 않았던지라 다소 뜻밖이었다. 큰형은 시골에 가서 부모님을 뵙고 오는 길이라고 하였다. 그러면서 금혼식 이야기를 꺼냈다.

"아따, 집이 두 채라, 부자는 역시 다르네이."

나는 능청을 떨었다.

"야, 웃긴 소리 하지 말아라. 얼마 전에 계산 뽑아봤더니, 빚 갚고 나면 남는 돈이 딱 천만원이더라. 인데까장 살면서 천만원하고, 새끼들 잘 커 있는 것 빼고는 암꿋도 없드라."

"근디, 문 금혼식을 할라고 그요?"

"암만 생각해봐도 안 되겠어야. 돈이사 우선 몇백 들겄지만, 돈이 문제가 아니라, 낸중에 두고두고 후회하겄드란마다."

"근닥 해도 그라제. 작은성도 학교다 뭐다 정신없고, 셋째성도 인자막 사업 시작해갖고 벅찬 모냥이듬마. 명흠이성도 그라고……"

"다 생각해봤다. 계산해봉께, 한 오백이면 하겄드라. 적은 돈은 아니제만 그 돈에 죽고 사는 것도 아닌디, 느그 성수하고 타협 봤다. 느그들은 암 걱정 말고 참석만 하그라."

형과 형수의 얘기는 이러했다. 먹고사는 것이 힘들기는 하지만, 금혼식을 안 했을 경우에는 두고두고 후회를 할 것 같기에 무리수를 두더라도 금혼식을 하기로 내외간에 합의를 했다는 것이다. 나는 형의 말을 들으며 장자라는 단어를 오래 생각했다.

큰형이 빚을 내서라도 금혼식을 하겠다고 나서자, 다른 형제들은 반대를 할 수가 없었다. 일은 착착 진행되었다. 일주일 전부터 서울에 있는 형수들이 내려와서 음식 장만을 돕고, 잔치 준비를 해나갔다. '잔치에 대해서는 걱정하지 말라' 는 큰형의 말에 형제들은 저마다 할 수 있는 일을 해나갔다. 고향에서 공무원 생활을 하고 있는 동생은 사진 찍는 사람과 비디오 촬영기사를 섭외하였고, 유통업을 하고 있는 막내는 수건 맞추는 일을 하였다. 셋째 형수는 미리부터 내려와서 이것저것을 챙겼다. 하지만 고생은 부모님 가까이 사는 사람들의 몫이었다. 부모님과 한 마을에서 살고 있는 넷째형과 형수는 모든 뒷일을 책임질 수밖에 없었다.

몇십 년 만의 폭설로 도로가 막힌 상황에서 누나와 매형은 떡과 밥을 해왔다. 재를 넘어오면서 차가 오르막을 가지 못하자, 누나가 밀어서 겨우 겨우 왔다고 하였다. 호계 고모가 오고 서울에서 장평에서 사돈들이 왔다.

눈발을 헤치고 온 모든 사람들이 주인공이 되어 금혼식이 치러졌다. "이 엄동설한에 어디 가는 길이냐고 어쭈어라. 만손리 사는 장씨 처자 집으로 가는 길이라고 여쭈어라. 우리 동네에는 그런 큰애기(처녀)가 없다고 여쭈어라. 장씨 집에 보물같이 숭게둔 처자가 있는 줄로 알고 있다고 여쭈어라. 노래를 못하면 한 발짝도 못 간다고 여쭈어라." 탈선 끝에 새신랑의 노래가 울려퍼지고 금혼식은 사람들의 웃음바다 속에서 진행되었다.

"떡을 누가 했으까. 차말로 얌전하니 했구마이."

"펭야 이 집 딸이 했겠제. 광님이사 은제든 탁 끼레져(야무져)불제."

192

"양념딸이 일은 다 해부렀구마."

외동딸에 대한 덕담이 이어지자, 어머니는 기어이 한마디 하고 나선다.

"은제 한번 갑재군(갑장계)들찌리 놀러럴 가는디, 누가 그라드란 말이요. 여그 임리 방앳간집 친정 어매가 누구요? 글길래 카만히 있었드니, 쩔에 앙근 사람들이 모다 여그라요! 항께는, 그 여자가 찬찬허니 내 낯을 보듬마는, 엄니는 벨로 안 그람마는 우쩨 그라고 딸을 잘 났으까? 그라고 낫낫하니 그란 딸을 놔는 사람은 을매나 조까? 글길래, 고맙소, 그라고 말었단 말이요. 차말로 우리 딸이라도 앗싸리 말해서 빼놀 디가 한나도 없단 말이요."

누나는 칠남 일녀 중 외동딸이다. 외동딸을 전라도에서는 '양념딸'이라고 하는데, 누나가 양념이었던 적은 한 번도 없었다. 어머니의 자식 자랑은 더 이어진다.

"사우가 옷을 맞치자고 하길래 나는 안 할란다, 그랬단 말요. 근디 직아부지 옷 맞친다고 기언치 같이 가작 하드란 말이요. 그래 갔등마는 엄니도 맞촤사 쓴다고 그래싸는디…… 안 할란다 혔는디도 한하고 글길래 놈 보기도 망애트고(좋지 않고) 그래서, 글먼 나는 싼 걸로 할란다, 물라고 한 번 입을 건디 비싼 것 맞촤야? 함서 맞촸단 말이요. 근디 낸중에 사우가 베를 바깠는 모냥이여. 칠숩만원인가 나와불드랑께."

어머니의 자랑은 끝이 없다.

"와와따, 조와벤 거이. 그나저나 이놈 자석들아, 고모도 금혼식 해주그라이."

호계 고모가 나서서 한마디를 한다.

"아따, 고모는 고모 자석들한테 해도락 하씨요. 우리가 가기는 갈 것잉께."

"알었다, 알었다. 오기는 꼭 온나이."

금혼식의 밤이 매구(풍물) 소리와 함께 깊어간다.

뜨개질하는 어머니

오랜만에 시골집에 간 내 눈을 환하게 한 풍경은 어머니의 뜨개질하는 모습이었다.

올해로 일흔이 된 어머니는 '차말로 고상만 징상나게' 하다가 온갖 병이 도져서 작년부터 농사일을 하지 않는다. 당뇨병으로 고생을 하였는데, 재작년에는 허리가 아파 병원에 갔다가 척추에 고름이 꽉 찼다는 말을 듣고 치료를 하였고, 자식들의 만류에 더는 일을 하지 않게 된 것이다.

내가 어렸을 때 어머니는 그야말로 슈퍼우먼이었다. 일 년 열두 달 가도록 한 번도 아프지 않았고, 극심하게 몸살이 난 날도 자리보전하고 눕는 일은 없었다. 우리들이 잔기침이라도 잦게 하면 갖은 약 뿌리를 달여주시곤 하셨던 어머니. 나는 성인이 될 때까지 어머니라는 이름 속에는 '아프다'는 단어가 없는 줄 알았다.

가을걷이가 끝나고 장에 다녀오는 어머니 손에는 헤우(김) 한 톳이 들려 있었다. 그 헤우 한 톳이, 한시한(겨울) 동안 온 가족이 먹을 유일한 별미인 셈이었다. 대개의 경우 하루 한 끼에만 헤우를 먹었는데, 아버지는 두 장, 어머니와 형들은 한 장씩, 그 아래는 반 장씩, 그리고 내 차례부터는 반의반 장씩으로 헤우가 분배되었다. 한꺼번에 놓고 먹으면 아이들의 등쌀에 난장판이 되기 때문이었으리라.

헤우 반의반 장으로 한 그릇의 밥을 먹는다는 것은 기적에 가까운 일이다. 그것으로 한 그릇의 밥을 먹는 방법에는 두 가지가 있다. 헤우 반의반 장을 수십 개로 쪼개어서 밥숟가락에 묻혀 먹거나, 그것이 아니면 한 숟갈 야무지게 헤우에 싸먹고는 나머지는 맨밥을 먹거나 해야 한다.

나는 헤우를 받을 때마다 망설이곤 하였다. 이번에는 어떻게 먹을까? 그러다 맘먹고 한 숟갈 야무지게 헤우쌈을 먹고 나면, 먹을 때는 맛났지만 그 뒤는 감당하기 힘들었다. 그러면 멀거니 헤우쌈을 먹는 아버지나 형들의 입을 쳐다보면서 꼴딱꼴딱하게 되었는데, 그러다 자연스레 눈이 가는 곳은 어머니의 밥그릇 옆에 남아 있는 헤우였다.

그러면 그런 나를 지긋한 눈으로 보던 어머니는 가만히 자신 몫의 헤우를 건네주곤 하였다.

"엄니는 안 묵은가?"

먹고 싶기는 해서 손을 내밀며 여차로(혹시나 하여) 물어보면, 어머니의 대답은 한사코 똑같았다.

"어매는 헤우 안 좋아한다. 떡국이라먼 몰라도……"

미역은 가장 흔한 해산물이었기 때문에 욕심낼 만한 음식이 아니었다. 헤우뿐만이 아니라, 그것이 고등어나 갈치였을 때도 어머니는 좋아하지 않는다면서 우리의 숟가락에 올려주곤 하였다. 참 알 수 없었던 것이 어머니는 그렇게 먹지도 못하면서 온갖 굳은 일을 다 하고도 아프지 않았다는 것이다.

그런 어머니는 자수를 잘 놔서, 시집올 때 수놓아온 그림들이 몇 개 있었다. 두 마리의 닭이 마당에서 모이를 쪼며 다정하게 있는 모습. 그리고 화사한 꿩들이 나는 모습. 어머니의 작품은 가히 일급이었다.

그러나 결혼생활 오십여 년에 어머니가 수를 놓고 있을 시간은 한 번도 없었다. 삽을 쥐지 않았던 아버지 대신 온갖 농사일에 시달려야 했기 때문이다.

"차말로 쟁기질 빼고는 다 해봤다"는 당신의 말씀처럼 어머니는 똥장군을 지고 들로 나가기도 하였고, 겨울날 땔나무도 혼자서 해 날랐다. 언젠가 한번은 웃으면서 "쟁기질은 우째 안 했소?" 했더니, "여자가 쟁기질까장 하면 숭볼까니 그랬다. 놈사시러바서…… 늑 아부지는 무가 되겠냐?"라는 게 쟁기질을 안 한 이유였다. 그래서 우리 형제들은 초등학교를 졸업하면 쟁기질부터 배웠다. 농사철이 되면, 쟁기질꾼 얻기가 여간 어려운 것이 아니었기 때문이다.

그렇게 오십여 년 혹사를 당했으니, 몸이 성하다면 거짓말일 것이다. 요즘은 아버지와 함께 운동 삼아 산책을 하기도 하지만 농기구 놓은 손이 심심하다며 어머니는, 오래 앉아 있기도 힘든 몸으로 뜨개질을 한다.

어머니의 뜨개질 덕에 지난 설에는 팔남매 중 여섯 명의 아들과 사위가 러닝셔츠를 얻어입었다. 맨 먼저 아버지 것을 짰으므로, 시한 동안 일곱 개의 러닝셔츠를 짠 셈이다. 내 것도 하나 있었는데, 가는 실로 짠 속옷 하나가 금으로 짠 것보다 값있어 보였다.

어머니는 오늘도 뜨개질을 한다. 아직도 속옷을 짜줘야 할 자식 둘이 남았기 때문이다. 어머니의 뜨개질하는 모습을 보면서 많은 생각을 하였다. 지나온 칠십 년. 그 세월을 엮고 있다는 생각이 들기도 하였고, 돋보기를 쓰고 코바늘로 한 코 한 코 엮어가는 것은 세월이 아니라 상처일 것이라는 생각도 들었다. 어머니는 자신의 몸을 만신창이로 만든 상처와 병을 깁고 있는 것인지도 모른다. 상처와 병을 코바늘로 엮어가며 눈부시게 흰 세상을 만들고 있는 것이다.

제3부 말으 샛팍에 서서

내가 국민학교에 들어간 것은 1974년. 교과서를 받은 나는 충격에 빠질 수밖에 없었다.

그때의 국어교과서 첫 페이지에 나온 단어들은 다음과 같다.

나, 너, 우리. 그 다음 페이지는, 우리나라, 대한민국. 이국의 언어를 본 듯한 생소함은 지금까지도 남아 있다.

내가 태어난 곳의 표기대로 하자면, 교과서의 말들은 이렇게 바뀌어야 한다.

나, 니, 우멀, 우멀나라, 항국.

나는 사투리를 잊어부렀어요

1

"어머니, 산을 전라도 말로 무락 하요?"

어느 날 점심을 먹다가 내가 문득 물었다.

"산얼 산이락 하제 무락 한다냐?"

"산얼 기냥 산이락 했다고라?"

"그라먼 무락 했다냐?"

"참말로 생각 안 나부요? 산얼 까끔이락 했소안(했지 않아요)."

"이, 그랬다, 그랬어."

"긍께 나 에렀을 때만 해도 산이 아니고, 까끔으로 갈쿠나무랑, 끄렁
(그루터기)이랑, 솔깽이(솔가지)랑 하로 댕김서 까끔에 나무하러 간다,
그랬소안?"

그제서야 어머니는 고개를 끄덕인다.

"근디, 엄니, 빗지락얼 무락 했는지 기억나요? 마당 빗지락 말고 방 빗지락얼 무라고 불렀소?"

"근디, 무다라 그런 것을 물어보고 그라냐? 꼭 알어사 쓰냐? 이따가 늑 아부지 오먼 한분 물어보그라. 늑아부지넌 알랑가 몰겄다."

"나가 몰라서 물어보는 것이 아니라, 엄니도 참말로 많이 잊어묵어 부렀소이."

"그라제, 함."

"방 빗지락얼 해기 빗지락이라고 불른 것언 알겄는디. 저녁에 서리하는 거 있소안. 고것을 무라고 부르긴 불렀는디, 생각이 안 난단 말이요."

방송매체의 영향이 크겠지만, 불과 이십여 년 전만 하여도 생생하게 살아 있었던 토속어들이 이제는 전문가들의 연구서 속으로 들어가고 있다.

2

내가 국민학교에 들어간 것은 1974년. 교과서를 받은 나는 충격에 빠질 수밖에 없었다. 그때의 국어교과서 첫 페이지에 나온 단어들은 다음과 같다.

나, 너, 우리.

그 다음 페이지는, 우리나라, 대한민국.

이국의 언어를 본 듯한 생소함은 지금까지도 남아 있다. 내가 태어난 곳의 표기대로 하자면, 교과서의 말들은 이렇게 바뀌어야 한다.

나, 니, 우덜, 우덜나라, 항국.

문제는 국어교과서만이 아니었다. 처음 사본 크레파스에는 이상한 말들이 새겨져 있었다. 내가 아는 살색, 똥색, 흙색, 밤색, 고동색, 하늘색, 풀색, 흐칸색, 뻴간색 같은 말은 어느 한 귀퉁이에도 붙어 있지 않고, 저희들 마음대로 황색, 적색, 녹색, 청색이라고 붙여놓고 있었다.

뿐만 아니라, 꺼만색에는 얼토당토않게 흑색이라는 글씨가 붙어 있고, 뻴간색에는 듣지도 보지도 못한 적색이라는 말이 붙어 있었다. 나는 그 이질감을 극복하기 위해 별별 생각을 다했다. 아하 그래, 뻴간색은 빨갱이를 뜻하고, 빨갱이는 우리의 적이니까, 그렇지! 그래서 뻴간색을 '적색'이라 했다고 생각했다. 그렇게 알 수 없는 색의 이름들 중에서, 그나마 내가 어림짐작이라도 할 수 있었던 것은, 흰색이라고 붙은 흐칸색뿐이었다.

그래서 나는 함께 크레파스를 샀던 친구에게, 우리 학교는 외진 학교라서, 여기 점방에는 이상한 데서 만든 물건만 폰다고 주장하기에 이르렀다. 하지만 그 동무도 어리둥절하기는 마찬가지였는지, 나의 말에 고개만 끄덕일 뿐이었다.

국민학교에 들어가서 가장 먼저 배운 것은 관념이었다. 물론 관념이라는 단어를 배웠다는 것은 아니다. 나와는 전혀 무관한 세계로 이루어진 교과서가 관념 덩어리였다는 것이다.

가장 먼저 교과서 속의 아이들은 우리와 노는 방식이 달랐다. 공차기 놀이가 나오는데, 나는 '공'이 어떻게 생겼는지 이해조차 할 수 없었다. 그때 우리가 축구공으로 사용했던 것은 헌 실을 둥글게 감은 실꾸러미나 돼지 오줌보 정도였다. 그런데 교과서에는 진짜 축구공이 그려져 있었으니, 생전 보지도 못한 물건에 대한 이해의 어려움은 대단한 것이었다.

산수라는 것은 처음 해보았지만, 계산하는 것은 그다지 어렵지 않았다. 문제는 개수를 말하는 차이에 있었다. 가령 사과 다섯 개를 묶어두고 개수를 쓰라는 문제가 나온다거나 하면 나는 어김없이 골머리를 앓았다.

한나 하나

뚤, 두나 둘

싯, 시나 셋

닛, 니나 넷

다서, 다써 다섯

녀서, 녀써 여섯

일고, 닐곱 일곱

야달 여덟

아곱 아홉

녈 열

수물 스물
수물한나 스물하나
만한나 마흔하나
신 쉰
야든 여든

　개수를 쓰는 문제에서만 아니라 하나에서 백까지 세는 것을 배울 무렵, 발음상의 문제로 인하여 위에 열거된 숫자들은 내 머리에 꿀밤을 무수히 떨어지게 하였다. 하나 둘 셋 넷을 무사히 넘어갔다 싶으면, 내 입이 아닌 듯 내 입에서 나온 '다써'라는 발음. 염소 깨삐(고삐)를 아무 데나 묶어두고 하루 종일 외우고 들어와서 아버지에게서는 염소 굶겼다고 야단 듣고, 형 앞에서는 어김없이 스물에서 틀려 꿀밤을 맞아야 했던 기억들. 지금은 삼십 년이 다 되어 희미하게 눈웃음 짓게 하는 추억이지만, 그때 당시의 나는 얼마나 곤혹스러웠던가.
　하지만 그렇게 나에게 꿀밤을 주었던 형도, 일상생활에서는 한나 뚤 싯 닛 했었다는 것을 기억하고 보면, 이질적이었던 표준어가 생활까지는 장악하지 못했던 것 같다.
　학교라는 공간은 나에게 무척이나 다른 세계였다. 그러다가 내가 학교생활에 흥미를 느끼게 된 것은 이학년이 되어서였다. 담임을 맡으신 분이 유난히 옛이야기를 잘 해주었다. 한시라도 이름을 잊은 적이 없는 류한심 선생님.

그분은 하루에 한 개씩 이야기를 해주셨다. 이야기 속에는 항상 찢어지게 가난한 주인공들이 나오는데, 한결같이 나처럼 다 해진 옷을 입고 밥도 제대로 못 먹고 있었다. 그러나 주인공들은 어김없이 착하게 살았고, 결국에는 복을 받았다.

특히 금 나와라 뚝딱! 하면 금이 우르르 쏟아지는 도깨비 방망이는 얼마나 가지고 싶은 물건이었던가. 나는 동무들이랑 도깨비가 살 만하다고 여겨지는, '삼사모탱이'나 '천지뚱'을 일부러 가보기도 하였다.

반면에 옛이야기에 비해 교과서는 너무나 비현실적이었다. 생전 보지도 못했던 운동화, 상상조차 할 수 없었던 기차여행, 내가 아는 것과 너무 동떨어진 경찰과 군인의 이미지 등. 그 모든 것들은 그저 어떻게 해볼 수도 없는 관념 덩어리였다.

학교라는 곳에 들어가 받게 된 충격은 이후로도 계속 이어졌다. 환경이 다르면 말이 다르고, 말이 다르면 사고방식이 다르다. 국민학교 시절을 생각하면 지금도 아프게 다가오는 추억 몇 가지가 있다.

그중 하나는 혼식 검사에 얽힌 것이다. 내가 국민학교에 다닐 때에는 혼식 검사라는 것이 있었는데, 쌀밥만 먹으면 건강에 좋지 않다는 이유로 쌀 7, 보리 3의 비율로 혼식할 것을 강요하였다. 그러나 나를 비롯한 몇에게는 그 혼식 검사라는 것이 지극히 사치스러운 행위로 보였다. 아니, 쌀을 구경하기도 힘든 사람에게 혼식이라니!

선생은 혼식 검사가 있는 날이면, 모두의 도시락을 열게 한 다음 7:3의 비율에 맞게 도시락을 싸왔는지 검사를 하고 다녔다. 그러나 나는 도시락을 싸가기도 힘든 형편이었고, 싸가지고 가보아야 보리밥만 싸가거나, 남 보기에 우세스럽다고 보리밥을 담은 다음 보이는 부분에만 쌀밥을 씌우는 식으로 도시락을 싸가야 하였다. 이른바 '이대흠식' 도시락이 따로 있었던 것이다.

그런데 앞뒤가 막힌 담임 덕택에 나는 번번이 혼식 검사에 걸려 매를 맞아야 했다. 어떨 때는 맨 위에 보이는 쌀밥을 보고 혼식을 해오지 않았다고 맞았고, 어떨 때는 꽁보리밥만 싸온 덕분에 맞아야 했다.

그리고 가장 기막혔던 경우는, 도시락을 싸가지 못하였는데 혼식 검사 때 매 맞은 것에 반항하기 위해 도시락을 싸오지 않았다는 오해를 받아 매를 맞았던 경우였다. 그때는 정말 눈물이 나왔다. 나의 결백을 확인하지 않고, 마녀사냥 하듯이 자신의 추측에 의해 체벌을 하였던 선생. 나는 고픈 배에 울면서 매를 맞았다.

그리고 또 한 가지 추억은 말에 관한 것이었다. 국민학교 육학년 때였다. 여름방학 숙제에 식물채집이라는 것이 있었는데, 식물에 관심이 많았던 나는, 방학 기간 내내 백여 종의 식물을 채집하였다.

방학이 끝나고 저마다 해온 숙제들을 보여주며 방학 동안에 있었던 일들을 이야기하는 과정에서, 나의 식물채집 숙제는 단연 돋보였다. 누가 보아도 내가 해온 식물채집은 타의 추종을 불허할 만큼, 많은 종류의 식물이 채집되어 있었고 정성이 깃들어 있었다.

그런데 며칠 후 숙제에 대한 시상식이 있었는데, 이상하게도 식물채집 우수상은 다른 친구에게 돌아갔다. 나는 이유를 몰라 고민하였다.

나는 내 식물채집이 왜 우수상을 받을 수 없었는지 이해가 되지 않았다. 그러나 며칠 후 나는 정답을 알게 되었다. 이유는 '말' 때문이었다.

내가 해온 식물채집은 전라도에서 부르는 식물의 명칭이 고스란히 적혀 있었고, 친구 녀석이 해온 숙제에는 식물도감에 나오는 명칭이 적혀 있었던 것이다. 가령 내가 해온 식물채집에는 독새(뚝새풀), 짜구때나무(자귀나무), 저우살이(겨우살이), 이런 이름들이 적혀 있었던 것이다. 나는 요즘도 그때 내가 했던 식물채집 숙제를 떠올리면, 아쉬움을 감출 수가 없다. 상은 받지 못했어도 보관해둘걸. 그랬다면, 생생한 전라도 어휘들을 상당히 건질 수 있을 것인데……

그저 아쉬울 뿐이어서, 몇십 년이 지난 후 다시 아쉬워하지 않기 위해, 나는 요즘 전라도 말에 지대한 관심을 보이고 있다.

3

대개의 사람들은 극심하게 지방 사투리를 구사하는 사람의 말을 흉내내며 웃어보았던 기억을 가지고 있을 것이다. 지역이 다를 때야 말할 것도 없겠지만, 같은 지역에 살고 있더라도 유별난 말투가 있고, 그런 말투는 곧장 우스갯거리가 되기도 한다.

"아야, 철기 함무니가 뭐락 헌지 아냐? 참기름벵을 참지름벵이락 해불드라"라거나, "무시(무)하고 배추를 뽑아갖고 옴서 짓가심(김칫거리) 해온닥 해불드라""질을 갈 때게는(때에는) 핸비짝(구석)으로 댕기 그라, 그란디 웃겨서 디져분지 알었다" 하는 식이다. 스스로도 사투리를 주로 써서 말을 하면서도 특정한 사람이 쓰는 말투를 생소해하는 것이다.

화제가 될 만한 말투에는 몇 가지 특징이 있다. 전라도에 한정하여 말을 한다면, 그런 말투에는 자주 사용되지 않는 단어가 등장하거나 구개음화가 활발하게 살아 있다. 길을 '질'이라고 한다든지, 참기름을 '참지름'이라고 하는 경우일 텐데, 알고 보면 그것은 구개음화라는 하나의 음운현상에 불과하다.

한 지역의 방언은 표준어와 마찬가지로 하나의 체계를 가지고 있으며, 나름대로의 규칙성을 가지고 변화, 발전해온 말이기 때문에 어느 말이 상위에 있고, 어느 말이 하위에 있을 수 없다. 우리가 표준어라고 규정한 말은 사실은 서울 일부 계층의 방언일 뿐이고, 어찌 보면 서울 내에서도 수많은 사투리가 쓰이고 있다는 것을 부정할 수 없다. 따지고 보면 우리 개개인은 저마다의 사투리를 쓰고 있다.

유난히 전라도 말에 콤플렉스를 가지고 있던 어떤 새색시가 서울에서 살게 되었다. 절대로 전라도 사람이라는 것을 표나게 하지 않기 위해, 그 색시는 말끝마다 '그랬니?' '어쨌니?' 하게 되었고, 말을 할 때마다 긴장을 하였기 때문에 제법 서울 사람의 말투를 쓰게 되었다. 그렇게 일 년쯤 지나자, 그 색시는 서울말에 인이 박였고, 어느 상황에서고 표준말을 구사할 수 있다고 자신하게 되었다. 그러던 어느 날, 전라도에서 친정어머니가 올라왔다. 된장이며 고추장, 게장이며 각종 젓갈류까지 바리바리 싸온 어머니를 앞에 두고, 새색시의 입에서 나온 말은 그렇게 갈고닦은 서울말이 아니었다.

"어머니! 무달라고 오셨어요" 였다.

'오메' 라는 감탄사를 쓰지 않았다고 온전한 서울말을 쓴 것은 아니다. 말에는 한번 입에 배면 쉽게 바뀌지 않는 것들이 몇 가지씩 있는데, 전라도 말에서는 '무달라고' 에서 쓰였던 '-달라고' 나 '-부렀다' '-고이' 등이 그렇다. 사투리를 쓰지 않는다고 자부하는 전라도 사람이라면 이 몇 가지 말마저 사용하지 않고 있는가 살펴볼 일이다.

그라고 말모가지를 뿐질라불먼 안 되제이

순천에서는 인물 자랑하지 말고, 여수에서는 돈 자랑하지 말고, 벌교나 목포에서는 주먹 자랑하지 말라는 말이 있다. 이 말은 전라도 사람이 아니더라도 대개가 알고 있을 것이고, 설령 모르고 있었다고 하더라도 한 번쯤 들어본 듯한 말일 것이다. 거기다가 요즈음 젊은 식자층 사이에서 농담처럼 번지는 말이 있는데, 장흥에서는 글 자랑하지 말라는 말이다.

장흥에는 참으로 쟁쟁한 문인들이 많다. 소설가로는 송기숙, 이청준, 한승원, 이승우, 김현주, 김해림 등이 있으며, 시인으로는 위선환, 조윤희, 김영남, 문정영 등이 있다. 일일이 이름을 거론할 수는 없지만, 문단에 얼굴을 내민 숫자만도 백 명 가까이 되니, 다른 지역에서는 그 예를 찾아보기 힘들 정도라고 해야 할 것이다.

장흥에서 글 자랑하지 말라는 말이 있기는 하지만, 그것은 비단 장흥에만 국한된 이야기가 아니다. 전라도 전체를 뜻하는 말로 사용하더라도 전혀 어색하지 않다. 전라도는 정말 많은 작가와 시인을 배출한 곳이다. 장흥 옆 동네인 보성에는 조정래가 있고, 문정희가 있으며, 강진에는 영랑이 있고, 해남에는 이동주가 있고, 김준태, 김남주, 황지우, 고정희 등이 있다. 범위를 넓히지 않고, 장흥 둘레만 대충 둘러보아도 이러한데, 전라도 전체를 들먹이면 벌어진 입이 다물어지지 않는다. 호사가들의 말이 아니더라도 전라도는 현대문학의 가장 중요한 산실임에 분명하다.

혹자는 전라도 쪽에 유독 문인이 많은 이유로, 정치 경제 문제를 들기도 한다. 또 어떤 이는 전라도의 풍부한 생산물과 지형을 말하기도 한다. 그다지 어긋난 말은 아닐 것이다. 하지만 그것만으로는 전라도 지역에서 수많은 시인 소설가가 배출된 것을 설명할 수 없다. 나는 그 이유 중의 하나로 전라도 방언이 지니는 풍부한 어휘력과 비유성을 들고 싶다.

어떤 말이 되었건 그 단어가 지닌 정확성과 다의성은 문학성을 높이는 데 기여하게 된다. 그런 점에서 전라도 방언은 다른 곳에서 찾을 수 없는 어휘가 많을 뿐만 아니라, 같은 말이라도 훨씬 형상화되어 있거나 중의를 지닌 경우가 많다.

'속'이라는 단어 하나만 예를 들어보아도 전라도 말의 풍부함과 구체성은 여지없이 드러난다. 전라도에서는 '속'이라는 말이 속창아리, 속창새기, 속창시 등 다양하게 분화되어 쓰인다. 여기에다가 전국에서 쓰이는 소갈딱지나 소갈머리라는 말도 함께 한다. '때문에'라는 말을 예로 들어도 마찬가지다. 같은 뜻으로 쓰이는 전라도 말로는 땀세, 땀서, 땀시, 땀시롱, 따울래 등이 있다. 문제는 이 모든 단어가 한자리에서 쓰일 수 있다는 것인데, 뜻은 같더라도 어떤 단어를 선택했느냐에 따라, 말한 이의 성격이나 자리의 분위기가 다르게 드러난다.

전라도에서는 성질에도 머리가 있으며, 비위에도 대가리와 살이 있다. 성질이라는 말은 '성질머리'라는 말로 바뀌고 비위라는 말은 '비웃대가리'나 '비웃살'이라는 말로 바뀐다. 정신에도 머리가 있어서 '정신머리'가 되고, 염치에도 미제와 일제가 있다.

머리가 있는 모든 것은 동물이기 때문에 성질도 동물이고 정신도 비위도 동물인 셈이다. 어린 시절의 나는 그런 짐승들을 상상하며 시간을 보내곤 하였다. 그래서 이 많은 동물들 속에 낀 밴댕이나 도루묵마저도 물고기가 아니라는 착각을 오랫동안 하였다. 그래서 '밴댕이 속창시'나 말짱 '도루묵'을 직접 보았을 때는 웃음이 나왔다. 이전의 나는 '밴댕이 소갈딱지'에 나오는 밴댕이도 물고기가 아니라, 속 좁음을 나타내는 어떤 관념으로 이해하고 있었던 것이다.

정신이건 성질이건 비위이건, 머리가 있는 것들은 관념의 어떤 것이 아니라 일정한 형태를 지닌다. 설령 그것이 저마다의 머릿속에서 다르게 연상이 되더라도 그렇다. 그래서 "조 자석은 성질머리가 빌어묵게 생게 갖고는……"식의 표현이 가능해지는 것이다. 성질의 머리가 구걸을 해먹게 생겼으므로, 성질의 허리나 다리가 어떻게 생겼든, 그 성질의 첫인상이 좋지 않으리라는 것은 짐작이 어렵지 않다.

머리가 있으니, 꼬리와 다리도 있으리라. 흔히 쓰는 말로 '성질이 방방 뛴다' 라는 말이 있는데, 여기에서의 성질은 다리가 있는 성질임에 분명하다. 그래서 성질이 방방 뛴다는 말은, 성질이 풀밭을 달리는 말처럼 방방거리며 뛰어다니는 것을 표현한 말이라고 해야 할 것이다.

봄은 가장 먼저 오고 겨울은 맨 나중에 오는 지역이기 때문일까. 전라도 말에는 생기 넘치는 표현들이 많다. 야무진 아이를 표현하는 데도, 그저 야무지다고만 하지 않는다. '고놈 참 다글다글하니 야물딱지구마이' 라고 하거나 '도글도글하다' 고 하기도 하고, '또글또글하다' 라고 하거나, '똑또구르하다' 라고 하기도 한다. 어렸을 때부터 야무지기로 소문이 난, 내 바로 위의 명흠형은 하도 '또글또글하다' 라는 말을 많이 들어서, 기어이 '또글이' 가 별명이 되기도 하였다.

전라도에서 발달한 것은 음식만이 아니다. 한국어를 음장(音長)언어라고 하는데, 이 음장이 가장 발달한 언어가 전라도 말이다. "자네가 펑하니 갔다 온담사 암시랑토 안 하제이, 하먼(아무렴)"에서 보이듯이 빨리나 금방의 뜻으로 쓰이는 '펑' 이라는 말의 생동감은 접어두고라도, '-제이' 라는 말의 꼬리는 그 음장이 음악에 가깝다. 더구나 그 '-제이' 의 '-이' 가 그저 '이' 에서 끝나지 않고, '이잉' '이이잉' 으로 끝이 날 경우에는 그대로 노래가 된다.

"찬은 벨 것이 읎는지라우. 숟구락 하나 엉거갖고 끄니 때울라불게라우." 오는 손님을 굶겨 보내는 법이 없었던 것이 전라도 인심이었던지라, 반찬은커녕 끼니 때울 양식도 변변하지 않았던 시절에도 끼니 때

누가 오면 어머니가 입버릇처럼 했던 말이다. '-라우'가 전라도 말에서 자주 쓰이는 '-당께'나 '-응께'라는 말과 함께 쓰이면, '그랬당께라우' '혔응께라우'식이 되는데, 무언가가 딱 분질러지는 듯한 '께'라는 발음과 계란 반숙의 노른자위처럼 부드러운 '-라우'가 합쳐져서 간이 딱 맞는 말이 된다.

이렇게 상황에 따라서는 한참 동안 늘어지기도 하고, 엄천에 콩깍지 터지듯 딱딱 끊어 퉁겨지기도 하는 것이 전라도 말인데, 이 말의 특장이 발달하여 된 것이 소리가 아닐까 싶다. 소리, 혹은 판소리가 전라도 지방에서만 유독 발달하였던 것은, 생동감이 넘치는 전라도 말과 풍류를 좋아하는 이쪽 사람들의 기질이 함께한 결과일 것이다.

전라도 말에 귀명창이라는 말이 있는데, 노래를 잘하는 명창이 아니라, 한 번 듣고 그 소리의 값어치를 판단할 수 있는 귀 밝은 사람을 뜻한다. 음식으로 말하면 미식가라 할 만한 사람들인데, 이런 귀명창이 전문가로 따로 있는 것은 아니다. 시장 바닥에서 채소를 파는 할머니까지 귀명창이다보니, 사람들이 입맛만 까다로운 것이 아니라, 소리나 말 맛에도 까다로워서 어지간한 노래는 씨알도 먹히지 않는 곳이 전라도이다.

귀명창이 많은 곳이라서 소리를 하여도 단조로운 것은 먹히지 않는다. 진양조, 중모리, 중중모리, 자진모리, 휘모리, 엇모리, 엇중모리 등의 장단과 아니리와 발림까지 멋지게 곁들어져야 비로소 박수를 받을 수 있다. 귀명창이 명창을 만든 셈이다.

귀명창만 많은 것이 아니다. 전라도 사람 중에는 문자를 몰라도 소설

한 권 정도의 이야기를 줄줄이 쏟아내는 사람들이 많다. 이런 사람은 '말문장가'라고 부를 만한데, 살아온 내력이 기구했으니 자신의 이야기만으로도 천일야화를 만들 수 있을 것이다. 그런 분류가 가능하다면 내 어머니나 작은어머니들은 탁월한 말문장가이다.

또한 책깨나 읽은 사람들은 문장을 보는 눈이 명확하다. 직업이 무엇이건, 이런 사람들은 문장을 맛보는 데 여간 까다롭지 않다. 이런 사람들을 '눈문장가'라고 해야 할 것인데, 이런 눈문장가들은 내 주위만 하여도 수두룩하다. 어쩌다 이런 눈문장가들과 어울리게 될 때는 어김없이 책에 대한 이야기가 나오는데, 그 명확하고 예리한 분석 때문에 얼굴이 붉어질 때가 많다.

이렇게 '말문장가'와 '눈문장가'가 많은 이유는 역사의 질곡도 한몫한 것이 분명하겠지만, 비유가 탁월한 이 지역의 말과 무관하다고 할 수는 없을 것이다. 워낙 생동감 있는 말을 일상에서 쓰는 사람들인지라, 어지간한 글에 눈 두지 않는 것은 당연한 것인지도 모른다.

말 맛을 구별할 줄 아는 사람들인지라, 그 말 맛이 어떻다고 판단할 정도의 사람들인지라, 박자를 넣어도 엇박자 한 번은 넣을 줄 아는 사람들인지라, 말의 간을 보고 글 한 줄을 읽어도 그 글의 맛을 귀신처럼 알아낸다. 그러다보니 전라도에서는 글을 쓰더라도, 최소한 장안을 떠들썩하게 할 정도라야만 글쟁이라는 말이 붙는다.

'말'에 머리와 꼬리가 있다는 것은 다들 알고 있을 것이다. 말머리, 말꼬리, 말꼬투리 등의 말은 버젓이 사전에 등록된 말이기 때문이다.

하지만 전라도에서는 말의 머리나 꼬리뿐만 아니라, 모가지도 있다. 대화를 하다가 상대가 말을 끊고 자주 끼어들면, 전라도 사람들은 이렇게 말한다.

"그라고 말모가지를 뿐질라불면 안 되제이."

말의 모가지를 나뭇가지 다루듯, 분질러버리기도 하고 잇기도 하는데 익숙한 사람들이 전라도 사람들이라 할 수 있다. 그렇기에 말과 함께 살며, 그것을 다루는 일을 하는 시인이나 작가가 많을 수밖에 없지 않았을까?

동상우탁

공중전화에서 전화를 하고 있는데, 몸뻬 차림의 아주머니 한 분이 줄을 선다. 아니, 줄을 선다기보다는 엉거주춤 서 있다. 손에 든 종이쪽을 연신 보면서 두리번거린다. 길을 찾는 모양이다. 전화를 더 해야 하는데, 아무래도 나보다 더 급한 사람 같아서 서둘러 전화를 끊고 나온다. 공중전화박스를 벗어나서 다섯 발짝이나 걸었을까.

"에말이요(여보세요), 아자씨" 하는 소리가 들린다. 돌아보니 전화박스 앞에 있던 그 아주머니다.

"왜요?"

"전화기가 동전인지 알었듬마는 카드요야. 아자씨 카드 한본 씁시다."

"그랍시다" 하고 뒤돌아 가는데, 아무래도 내가 전화를 해줘야 할 것 같다.

"일로 줘보씨요."

종이에 적힌 전화번호를 누른다.

"누구락 하면 돼요?"

"상만이 집 아니냐고 물어보씨요."

한 여자가 전화를 받는다.

"거그 상만이 집이죠?"

"아닌데요?"

이런! 전화가 잘못되었을까? 다시 묻는다.

"거기 상만이 집 아니에요?"

"집은 아니고 여그는 가겐디요이."

답답하다. 집이나 가게나 그것이 문제가 아닌데 말이다.

"욜로 줘보씨요."

옆에 있던 아주머니가 송수화기를 든다.

"이, 동상우닥. 나여. 고흥서 막 왔당께."

"……"

"몰겄어. 맨당(맨날) 태와갖고 옹께는 질을 몰겄어. 은제 나―가 내
발로 와봤어사제."

"……"

"그랑께 주공 있는 디서 내레갖고 잘못 걸길래, 전화기 찾니라고 그
랬제."

"……"

"여그? 무시 있으까……"

　전라도에서 쓰이는 호칭 중 재미있는 것 하나가 '동상우닥'이다. 남
동생의 처를 가리킬 때 쓰는 말인데, 사람에 따라서는 '동상우독' 혹은
'동상우덕'이라고 발음하기도 한다. '동생의 댁'에서 나온 말 같은데,
요즘 젊은 층에서는 아예 쓰지 않는 말이다. 표준말로 바꾸면 올케가 되
겠지만, '올케'라는 말이 오빠의 처나 남동생의 처를 아우르는 말이라
면, '동상우닥'은 동생의 처에 한정되어 쓰인다. 오빠의 처를 부를 때는
그냥 '성님'이라고 한다.
　사라져가는 호칭은 동상우닥만이 아니다. 시동생을 가리키는 말로
는 '시아제'라는 말이 있었는데, 표준말의 영향으로 '도련님'이나 '시
동생'이라는 말이 쓰인다. 그리고 시누이는 흔히 '시누'라고 하였는데,
그 말도 거의 사장되었다. 또한 시누는 '시누애기씨'라고도 하였다. 명
절이나 제삿날이 되어 고모가 오면 어머니는 아버지를 부르며 "에말이
요, 호계 시누애기씨 외겠소" 하곤 하였는데, 그 말을 들을 날도 많지 않
은 것 같다. 그리고 자매의 남편을 칭했던 '진항'이라는 말, 할아버지
할머니를 부를 때 썼던 '하네'나 '함무니'라는 말도 이젠 거의 쓰이지
않는다.
　"이, 동상우닥. 나여. 고홍서 막 왔당께."
　참으로 오랜만에 들어보는 호칭이다. 호칭도 호칭이지만, '고홍서'
라는 말도 재미있다. 정확하게는 '고홍에서'라고 해야 되겠지만, 전라

도에서는 흔히 '에'가 생략된 채 말이 이루어진다. 명절날 흔히 듣게 되는 말, "어지께 저녁에 설서 왔냐?" '설서'라는 말은 '서울에서'와 뜻이 같다. 어찌 보면 말의 경제성을 들먹이며 우스갯소리를 하는 사람이 있을지도 모르지만, 단어 몇 개의 용례를 가지고 경제성을 따지는 것은 농담일 뿐이다. 오히려 전라도 말의 장점은 짧게 끝낼 때는 짧게 끝내고, 낭창낭창하니 늘어져야 할 때는 한하고(한없이) 늘어지는 그 가락에 있다.

조금 다른 경우이지만 '가'라는 말이 주격조사가 아니라 처소격조사로 쓰이는 곳은 전라도밖에 없을 것이다. "세무서가 장흥가 있을 때게는 몰랐제만, 빠져나가붕께는 알토란이 빠진 식이제." '장흥가'는 표준말로 '장흥에'가 될 것이다. 전라도 사람들은 생각 없이 그 말을 쓰지만, 외지인이 듣기에는 상당히 생소한 어법이다.

핑과 싸북싸북

"가가 가가?"라는 우스갯소리가 있다. '저애가 그 아이냐?'는 것을 경상도 사람들은 "가가 가가?"라고 한다는 것이다. 인기 있는 개그 프로그램 때문인지, 일반인들의 사투리에 대한 관심이 부쩍 높아진 것 같다. 사람들에게 사투리를 친숙한 언어로 만든 공로는 인정해야 되겠지만, 말의 왜곡이 지나친 것이 개그 프로그램이다.

언어가 되었건 어떤 사회적인 현상이 되었건 개그가 되기 위해서는 일정한 비틂이 있어야 한다. 예를 들어 '나는 너를 사랑한다'라는 말을 전라도 말로 하면 "아따 거시기하요"이고 경상도 말로 하면 "내 아를 낳아도"가 된다는 식이 그렇다. 번역이 아니라 개그니까 웃고 넘길 수는 있다.

어린 시절에 어머니와 산에 나무를 하러 갈 때에 어머니가 자주 들려주시던 이야기가 있다. 대개의 사람들이 알고 있을 그 이야기는 충

224

청도 사투리와 관련된 것이다. 갈퀴로 솔가리를 긁다보면 돌멩이가 아래로 굴러내릴 때가 있다. 그럴 때면 "엄니, 독(돌) 굴러가요!"라고 하였는데, 그럴 때마다 어머니는 "그랬드라냐" 하면서 이야기를 꺼냈다.

"그랬드라냐. 충청도 사람이 까끔에 나무를 하러 갔는디, 갈쿠로 긁다봉께 독팍이 굴러가드란다. 그란디, 그 사람 아래짝에서 아부지가 낭구를 하고 있었는디, '아부지ー 독ー 굴ー러ー가ー유우ー' 함서 돌아봤듬마는 지그 아부지 치상(초상) 치르고 있드란다."

"그것이 문 말이당가?"

"아아따, 독 굴러가유ー 하고 말을 하는 디, 사날이 걸려부렀다는 것이제."

"근다고 어칗게 사흘이나 걸린당가?"

"이약(이야기)이 그란다는 것이제 그라기사 하겄냐? 근디 충청도 사람들은 차말로 말이 그라고 날차분하단다. 긍께로 충청도 사람하고 말을 하면 복장이 맥혜불제."

충청도 사투리를 매우 과장되게 표현한 이 일화를 통해 나는 우리말이 지역에 따라 다르다는 점을 막연하게나마 인식할 수 있었다. 거기다가 서울에서 온 아이들의 입에서 나온 '그랬니?' '어쨌니?' 하는 말들은 왜 그렇게 간지럽게 느껴졌는지.

심하게 느릴 것이라고 오해했던 충청도 사투리를 처음 들었을 때, 생각보다 느리지 않음에 오히려 놀랐었다. 그리고 'ー어유'라는 말의 구수함은 마음을 다 주는 듯해서 얼마나 정이 가던지. 말이 느리다는 특징을 지닌 충청도 사람들이 충청도 말의 경제성을 들먹이며 농담처럼 하는 이야기들이 있다. 가령 '-하겠어요?'라는 말을 충청도 말로 바꾸면 '할튜?'가 되고, '섭섭하네요'라는 말을 바꾸면 '섭휴'가 된다는 식이다.

각 지역의 방언 중에는 경제성을 따질 만한 말이 여러 가지가 있겠지만, 전라도 말에서 경제성을 들먹일 만한 말을 떠올렸을 때는 가장 먼저 떠오르는 단어가 '핑'이라는 외자이다.

빨리나 서둘러라는 뜻을 지닌 '핑'이라는 말은 말의 길이도 짧을 뿐만 아니라, 어감도 그 뜻에 그렇게 잘 어울릴 수가 없다. 비슷한 뜻으로 쓰이는 말에 '싸게'라든가 '얼릉'이라는 말들도 있지만, '핑'이 지니는 말 맛과는 차이가 있다. 흔히 '핑'이라는 말은 "핑 하니 댕게 오그라!" 하는 식으로 '하다'라는 동사와 붙어서 사용되기는 하지만, '쏜살'에서 나는 소리 같은 그 말의 속도감은 다른 어떤 말과 비교했을 때도 돋보인다.

재미있기로는 '싸게'라는 말도 빼놓을 수 없다. 굳이 한 지역의 말이라고 할 수 없는 이 말은 전라도 지역에서 유독 많이 쓰인다. '걸음이 재다'라는 뜻을 지닌 이 말은 '값이 싸다'라는 뜻과 맞물려 말의 유희를 생각하게 한다. 추운 겨울, 나무를 하러 산에 갔다가 어둑발이 들 무렵에 산에서 나오게 될 때면, 어머니는 잰걸음으로 앞서 걸으시며 "싸게 싸게 가자!" 하곤 하셨다. 그럴 때면 몸뚱이보다 더 큰 지게에 얹힌 나무의 무게 때문에 다리가 후들거리고 그랬는데, 싸게 걸어 집에 닿을 무렵이면 지게에 졌던 나무들은 거의 흩어져버리고, 빈 지게에 가까운 나뭇짐만 남아 있는 경우도 있었다.

'핑'이나 '싸게'나 '얼릉'이라는 말이 있다고 해서 전라도 말이 '빠름'을 강조하는 것만은 아니다. 먼 길을 걸어서 갈 때 전라도 사람들의 입에서 잘 나오는 말 중의 하나로 '싸복싸복'이라는 말을 들 수 있을 것이다. 천천히라는 말보다는 훨씬 더 느리게 그러나 지속의 뜻을 지니고 있는 이 말은 단순하게 속도만을 뜻하지 않는다. 일행 중 누군가가 "싸복싸복 가세!"라는 말을 했다고 할 때, 이 말은 '찬찬히 가자!'라는 뜻도 있지만 '가는 길을 포기하지 말자!'라는 다짐도 들어 있다.

느리게 어딘가를 가는 것에 해당되는 말에는 '싸복싸복'만 있는 것이 아니다. 싸복싸복이라는 말은 말한 이에 따라 '싸묵싸묵'이나 '싸목싸목'이 되기도 한다. 느림도 '싸복싸복'의 뜻이어야 가치가 있는 것이지, 단순하게 '느리다'는 뜻만으로 곡해를 한다면 게으름에 불과할 것이다.

느린 것을 긍정으로 보는 말이 '싸복싸복'이라면 그것을 부정의 의미로 보는 말로는 '날차분하다'나 '꿈시랑대다' 등의 말이 있다.

'날차분하다'는 일을 할 때 많이 쓰이는 말인데, 논에 망옷(퇴비)을 낼 때나 모내기를 할 때 자주 들었던 말이다. 리어카로 망옷을 내는 일은 여간 고된 것이 아니어서 리어카를 끌고 가다가 쉴 때가 있는데, 그럴 때면 지나가던 동네 어른들이 "그라고 날차분하니 해갖고 언제 다 낼래?" 하면서 핀잔 아닌 핀잔을 주었다.

'날차분하다' 라는 말을 '날이 다 가도록 그 자리에 그대로 있을 것처럼 차분하다' 라는 의미로 해석을 한다면 무리일까. '날차분하다' 라는 말은 일의 속도나 걸음의 느림을 뜻하기도 하지만, 성격을 나타낼 때 쓰이기도 한다. 무슨 일을 하건 서두르는 법이 없는 사람을 가리켜서 '날차분하다' 는 말을 붙이는데, 그럴 때면 딱히 부정의 의미라고 하기보다는 약간은 희화화되어 사용된다. 가령 어머니가 자식을 가리키면서 "우리집 영감님은 성질이 날차분해갖고, 누가 이녁 소를 돌라가도(훔쳐가도) 뒷짐 지고 어흠 하고 쫓아갈 것이여!" 하는 식이다.

'꿈시랑대다' 는 해야 할 일을 하지 않고 미루고 있는 상황에서 다그칠 때 쓰는 말이다. 가령 아이에게 심부름을 시켰는데 움직일 생각을 하지 않을 때, "이노무 자석아 심바람 시긴 지가 은젠디 안직까장 그라고 꿈시랑대고 있냐? 핑 하니 댕게 오랑께는……" 하는 경우다. 그러고 나서도 아이가 움직일 기미를 보이지 않으면 "아이— 얼릉 갔다와부러야" 하게 되는데, 이때의 '아이' 는 짧게 발음되지 않고 '이' 자가 길게 늘어지면서 간곡한 뜻이 담긴다. 이쯤 되면 아예 말을 안 듣기로 작정한 경우가 아니라면 엉덩이를 자리에서 떼어야 하는데, 그다음에 이어지는 말은 입에서 나온 말이 아닐 경우가 많기 때문이다.

창문을 열어두어도 몸에서는 땀이 죽죽 흐르는 날이다. 한적한 팽나무 그늘 아래 좋은 사람들과 함께 앉아 러닝셔츠 차림으로 막걸리나 한 잔하고 싶다. 날차분하게 앉아서 이러저러한 이야기를 나누다보면, 폭염도 순해져서 그늘 한쪽에 앉게 되리라.

자꾸샘을 아는가

1

'자꾸샘'을 아는가? 혹은 '짝두샘'이나 '작두샘', '펌프샘'을 아는가? 상당히 많은 사람들이 이제야 고개를 끄덕이며 아하, 하였을 것이다.

인간이 살아가면서 가장 필요한 것 중 하나가 물이다. 인간의 역사가 발전해왔다면, 그것은 물을 얼마나 더 효과적으로 관리하느냐의 차이로 인한 것이었다. 인류의 모든 문명은 강가에서 시작되었고, 물 관리에 실패한 문명은 그대로 사멸되었다. 불과 몇십 년 전만 하여도 우물에 의지했던 우리나라 대부분의 가정에도 이제는 수도가 놓여 있어서 부엌에서 꼭지만 틀면 물이 나온다. 샘까지 가지 않아도 물을 얻을 수 있으니, 이것이야말로 기막힌 문명의 혜택이 아닐 수 없다.

우리나라에는 지난 세기에야 들어왔지만, 수도는 근대문명의 산물이 아니다. 고대 로마에도 수도라는 것이 있었다고 한다. 도시의 발달로 인구가 집중되어 있었고, 물 관리를 잘했기에 집집마다 효율적으로 물을 공급하였을 것이다. 하지만 하수구는 발달하지 못했다. 그래서 썩은 악취가 더는 흘러나가지 못하고, 그렇게 썩은 것이 곪아터져 붕괴하였을 것이다. 이것은 하나의 상징이다. 썩어빠진 일인 지배체제의 붕괴와 하수시설의 부족. 더러운 것을 버리지 못하면 썩게 마련이다. 더러운 것은 덜 만드는 것이 최선이겠지만, 더러운 것을 효과적으로 배출할 수 있는 시설은 비단 생활시설에만 해당되는 것이 아니다.

어린 시절 마을 가운데는 공동시암(샘)이 있었다. 그곳은 빨래터임과 동시에 식수를 얻는 곳이었다. 따라서 공동시암에는 자연스레 사람이 많이 모였다. 그곳에서 사람들은 마을의 대소사를 논하였고, 때로는 마을 밖의 일이 거론되기도 하였다. 즉 공동시암은 열린 논쟁의 장이었고, 외부 정보를 들을 수 있는 유일하다시피 한 통신소였다. 그러므로 빨래터는 공공의 장소였고, 개인의 의견이 공동의 것으로 확장될 수 있는 광장이었다. 말이 억센 사람의 의견이 대개는 수용되었고 그것이 공론으로 되기 일쑤였지만, 그렇다고 다 수용되었던 것은 아니다. 빨래터에서 논의된 의견 중 중요한 것은 따로 마을회의에서 결정을 했던 것이다.

그러나 빨래터만 공공의 장소였던 것은 아니다. 빨래를 하러 왔거나 식수를 얻기 위해서 왔거나, 사람들은 저마다 일을 마치면 집으로 돌아간다. 문제는 집으로 가기 위해 또가리(똬리)를 트는 순간이다. 또가리를 트는 순간부터의 이야기는 말 많은 사람의 뜻으로부터 벗어난다.

"오모메, 들녘떡이 지양(못된 장난)을 부레붓닥 하듬마.""근닥 해도 강진떡이 그라먼 못쓰제. 한 동리서……"

여론의 수렴과정이다. 마을의 일도 나라의 정치와 같아서 여간해서는 주도권을 잡기가 힘들 뿐만 아니라, 주류도 있고 비주류도 있는 법이다. 서로의 주장이 다를 수 있는 것이고, 때로는 입장의 차이 때문에 싸울 수도 있다. 하지만 대개의 마을에서는 그런 일로 싸움이 일어나기가 쉽지 않은데, 그것은 싸움 이전에 여론 수렴과정을 거치기 때문이다.

또가리를 머리에 얹고 집으로 가는 여인들. 그들은 집으로 가면서 마을의 일에 관해 많은 상의를 한다. 그리고 그중 바르다고 생각하는 것을 선택한다. 일종의 투표권 행사인 셈이다. 그러므로 마을의 대소사는 대부분 또가리를 머리에 얹고 집으로 가는 그 길에서 결정이 난다.

2

그러나 그런 우물도 시대가 달라져서 변하게 된다. 두레박을 넣던 우물 자리에 들어선 것이 펌프다. 인간이 발견한 가장 위대한 과학 중 하나인 지렛대 원리를 이용한 펌프샘. 그 펌프샘의 다른 이름이 짝두시암, 짝두샘, 자꾸샘 등이다.

자꾸샘은 원통관에 체크밸브가 하나 들어 있어 물을 끌어올릴 수 있다. 그리고 많은 힘을 쓰지 않기 위해 지렛대 원리를 이용하였다. 하지만 아무리 밸브를 사용하였다고 하더라도 물은 금세 새버리기 일쑤다. 그래서 대개는 자꾸샘을 쓸 때마다 물을 한 번 부어서 퍼올린다. 이때 붓는 물을 '마중물'이라고 한다.

마중물을 부어 자꾸샘의 손잡이를 잡고 펌프질을 하면, 보이지 않는 깊은 속에 들어 있는 샘물이 콸콸 쏟아져나온다. 깊은 곳의 샘물을 얻기 위해 부었던 마중물과 쉼 없는 펌프질. 어디 물을 얻기 위해서만 사용되는 것일까. 사람을 사랑하는 데에도 꼭 필요한 것이 마중물과 펌프질이다.

마중물은 대답이 오기 전에 먼저 다가간다. 때로는 힘든 펌프질 끝에 마중물만 쏙 빠져버릴 때도 많다. 그렇다고 하더라도 포기하면 그것으로 끝이다. 다시 마중물을 붓고 또 펌프질을 하고, 샘을 믿고 펌프질을 할 때, 깊은 곳에서 물이 솟아날 것이다.

하지만 물이 한 번 나왔다고 게을러지면 안 된다. 이내 나오던 물은 꼬르륵 하고 왔던 곳으로 되돌아가버린다. 사랑을 할 때는 부지런해야 한다. 자꾸자꾸 펌프질을 해야 맑은 물을 얻을 수 있듯, 사랑도 상대에게 자꾸 펌프질을 해줘야 하는 일이다. 그때마다 나오는 물은 늘 새로운 생명수일 것이다.

그러나 과욕은 금물이다. 물을 얻기 위해 모터를 사용하여 물을 뽑는 경우도 있는데, 그러다가는 물이 다한 샘에서 아무것도 나오지 않을 수 있다. 사랑의 일도 그러하다. 바닥을 드러내야겠다고 모터를 달아서는 안 된다. 딱 자꾸샘 정도가 좋다. 마른 내 목을 축이고 내 몸을 말갛게 헹굴 수 있는 정도의 물. 사랑의 물은 그 정도가 적당하다.

사랑하는 사람이 있다면, 마중물을 붓고 자꾸 펌프질을 해보라. 상대가 좋은 샘에 비유될 사람이라면, 틀림없이 맑은 물이 쏟아지는 화답이 올 것이다. 그렇다고 마른 땅에 말뚝 박고 펌프질하지는 마시라.

　사랑했던 관계가 서먹해졌다면, 아마 펌프질을 게을리 했기 때문일 것이다. 아무리 좋은 샘이라고 하더라도 너무 오래 방치하면 수맥이 다른 곳으로 가버린다. 그때는 아무리 펌프질을 해도 물이 나오지 않는다. 사랑은 방치하는 것이 아니다. 더 늦기 전에 다시 마중물을 붓고 펌프질을 해보라. 마른 샘이 아니라면 다시 물이 솟을 것이다.

　3월이다. 사랑하기 좋은 계절이다. 나도 누군가의 마중물이 되어 맑은 샘물을 기다리고 싶다. 쉼 없이 마중물을 부으며 자꾸샘의 펌프질을 하고 싶다.

말의 미로

1

놀이방에 가야 하는 아이가 잠에서 깨어난 것은 열시가 조금 지나서였다. 나는 순간 고민한다. 지금이라도 데려다줄까, 아니면 오늘 하루는 내가 데리고 놀까. 그런데 내 속을 뻔히 들여다보고 있다는 듯이, 잠에서 깨어난 녀석은 "선생님, 안 가"라는 말을 되풀이한다. 선생님에게 가지 않겠다는 뜻이다.

"그럼 아빠하고 놀래?"

"응."

대충 밥을 먹고 나자, 아이는 밖으로 나가자고 보챈다. "아빠, 해핸데 가자." 어디서 나온 말인지는 모르지만, 녀석은 꼭 '핸데'나 '해핸데' 가자고 말을 한다. 여기에서 '해핸데'는 밖이라는 뜻으로 사용된다. 나름대로 추측을 해보면, 녀석은 양말과 신발을 '핸배'라고 부르는데 거기에서 변형된 말이 아닐까 싶다. 그러니까 녀석에게 바깥은, '핸배'를 신고 가야 하는 곳이므로 '핸데'나 '해핸데'가 되지 않았을까.

현관을 나서서 문을 잠그기 위해 열쇠를 꺼내자, 녀석이 묻는다. "아빠, 뭐야?" "응, 열쇠, 쇠때." 나는 녀석이 무언가를 물어오면, 표준어와 전라도 말을 동시에 사용한다. 나중에 자랐을 때, 녀석이 둘 다 사용할 수 있는 사람이 되기를 바라는 마음에서다. 풍요한 말은 풍부한 사고를 가능하게 한다.

제법 달음박질까지 하는 녀석은 나를 앞지르면서 "아빠 빠이 와" 손짓을 한다. 야산으로 가는 골목. 식당 앞에서 자판기 커피 한 잔을 뽑는다. 자판기 옆에 일흔이 넘어 보이는 할머니 한 분이 무거워 보이는 배낭을 옆에 두고 쉬고 있다.

"할머니, 이게 뭐예요?"

나는 '함무니'라고 부르지 못하고, 할머니라는 호칭을 사용한다. 할머니나 함무니나 같은 말지만, 내게는 분명히 다르다. '함무니'라고 불렀을 때는 사적인 유대관계가 있는 것처럼 생각된다. 그에 비하면, 할머니라는 용어는 훨씬 공적이고 기계적인 용어로 느껴진다. 다시 말해서 할머니라는 단어는 그냥, 늙은 여자를 지칭하는 말로 생각되고, 함무니라는 단어는 내 시름을 함부로 누설해도 좋을 사람처럼 여겨진다. 내 물음에 그녀는 짧게 대답한다.

"노물이요."

"문 노물을 요라고 많이 캐겠소?"

이제야 내 입에서는 전라도 말이 자연스럽게 나온다.

"펭야, 꼬사리허고 그란 것이요."

"고비하고 항가꾸(엉겅퀴)도 있고 그라요?"

"야."

"요것을 집이서 다 자시요, 앙 그라면 장에다 포요?"

"포요."

"함 뻔에 폰닥 허먼, 엄마나 나오요?"

"몰겄소. 폴아봐사제."

그녀는 대답마저 힘겹다는 듯이, 가늘게 담배연기를 내뿜는다.

저만치 선 아이는, "아빠 빠이 와" 손짓을 한다. 녀석은 멀리 있다. 어쩌면 이 할머니로부터 칠십여 년의 세월 저편에 있는지도 모른다. 천천히 걸어 아이의 손을 잡은 나는 여러 가지 생각에 사로잡힌다.

표준어가 아닌 '노물' 이나 '펭야' 등의 전라도 말에서 시작된 내 인생이, 인터넷 상에서 쓰이는 'ㅊㅋ ㅊㅋ' 나 '-당' 식의 말, 혹은 녀석이 사용하는 정체불명의 말인 '핸데' 나 '핸배' 사이에 놓인 느낌이다. 말의 미로다.

2

포크레인 한 대가 길바닥을 쪼개고 있다. 두두두두 길을 쪼아대는 포크레인은 크고 잔인한 육식성 동물 같다. 뼈인 듯 희게 드러난 돌멩이들. 인간의 욕망을 대변하는 저 짐승이 지구의 살덩이를 물어뜯고 있다는 생각이 든다.

"아빠, 코크링이다, 코크링."

아이는 포크레인을 '코크링'이라고 발음한다. 문득 아이의 코크링이라는 발음이 녀석의 할아버지와 유사하다는 사실이 환기되었다. 얼마 전에 시골에 갔을 때, 아버지의 머리맡에는 메모지 한 장이 붙어 있었다. 거기에는 이렇게 씌어 있었다.

내산떡 집 뒤지분 데 한나잘
유산떡 꼬치밭 하레
포크링 방죽꼴 방천 일 한나잘

전라도 말을 제법 알고 있는 나이지만, 아버지의 메모를 그대로 읽었다가는 큰 실수를 할 수밖에 없다. 세상에 집을 뒤집다니! 그렇게 힘센 사람이 어디 있겠는가. 아버지의 문장을 번역(?)하면 이렇게 된다.

내산댁 짚 뒤집는 데 한나절

유산댁 고추밭 하루
포크레인 방죽골 방천 일 한나절

더 풀어쓰면 내산댁은 짚 뒤집는 일을 한나절 하였고, 유산댁은 고추
밭 일을 하루 하였고, 포크레인은 논둑에 방천 쌓는 일을 한나절 하였다
는 뜻이다. 전라도에서는 사태난 것을 '방천 났다'고 한다. 아마 방천
(防川) 할 일이 생겼다는 뜻에서 유래된 듯하다. 방천은 물이 들어오지
못하게 제방을 쌓는 것을 뜻하는데, 둑이 무너진 것을 방천 났다고 하는
것을 보면, 말의 변화라는 것은 몇 사람이 제어할 수 없다는 것을 실감
하게 된다.

아이는 걸음을 옮기지 않고 한참 동안 포크레인을 바라본다. 입에서
는 무슨 주문처럼, "코크링, 코크링, 아빠 코크링"이라는 말이 새나온
다. 나는 몇 번이고 포크레인이라고 발음을 교정해주지만, 아이는 내
발음을 따라하지 못한다. 시대가 변하고 서양 말이 대량으로 들어오면
서 그 말의 표기원칙이라는 것이 생겼다. 이른바 외래어 표기원칙이다.
그런데 일상에서 쓰는 말이 그 원칙과 달라서 혼란을 주기도 한다. 맞춤
법과 무관하게 소통되는 말들이 있는 것이다.

흔히 쓰는 말로 '샷시'라는 것이 있다. 아파트에 입주하는 사람들이
가장 먼저 하는 일 중의 하나가 샷시 다는 것이다. 베란다에 창틀을 다
는 것을 그렇게 말하는데, 국어사전 어디에도 샷시라는 단어는 없다.
'새시'가 있을 뿐이다. 비슷한 예로 '스치로폴'이 있다. 이 말도 사전에

는 없다. 대부분 사람들은 스티로폼을 스치로폴이라고 부른다. 사전에 있는 스티로폼은 이미 죽어 있는 말이고, 살아 움직이는 말은 스치로폴이다. 특히 건설 현장에서 그런 경우가 많은데, 니빠, 뻥끼, 공구리 등이 그것이다.

대학을 나와 건설 현장에 처음 나온 기사들이 가장 애를 먹는 것이 용어의 문제다. 펜을 든 자들이 쓰는 용어와 공구를 든 자들이 쓰는 용어가 다르기 때문이다. 신출내기 기사들은 땀이 밴 말들을 익히는 데 적잖은 시간을 보낸다. 어떤 기사들은 용어의 문제점을 지적하고 나선다. "공구리가 아니라, 콘크리트라고 하셔야죠" 하는 식이다. 그때마다 내가 했던 말이 있다. "그래요? 왜요? 일본식 발음이어서요? 그래서 미국식으로 발음해야 옳다고요?"

물론 남발하는 외래어에 대해서는 경계해야 한다. 하지만 그것이 일본식 발음을 미국식으로 교체하는 방식이어서는 안 된다. 말에 대한 예의는 그 말이 지금 통용되고 있음을 인정하는 데서부터 출발한다. 그래서 무분별한 외래어 남용을 막기 위해서는 민중들이 사용하는 언어에 귀 기울일 필요가 있다. 북조선에서 사용하는 말도 좋은 단어는 과감하게 수용할 필요가 있고, 사투리라는 말의 바다에서 살아 숨 쉬는 어휘를 찾을 수도 있다. 말의 생사는 자연스러운 것이지만, 때로는 인위적인 노력이 결실을 맺을 때도 있다.

일상에서 쓰는 말이 모두 마땅한 말인 것은 아니다. 말도 생명체인지라 병들기도 하고 늙기도 한다. 인간의 생로병사가 자연의 한 과정이

듯, 말 또한 그런 과정을 겪는다. 문제는 병든 말을 어떻게 해야 하는가 하는 점이다. 말도 때로는 병원에 가야 하는 것이다. 그래서 좋은 언어학자와 작가는 말에 대한 의사 역할을 한다.

현대의학이 극복하지 못하는 불치의 병 중 하나로 암이 있다. 암세포도 몸을 이루는 세포지만, 암세포는 다른 세포를 하나씩 먹어치우며 결국에는 몸을 죽게 만든다. 말에도 '암'이 있다. 최근 인터넷 상에서 떠도는 국적 불명의 'ㅊㅋㅊㅋ'나 '-당' '-염' 같은 표현도 암의 한 종류다. 일제강점기가 지나고 숱하게 남아 있는 일본식 어투들도 그렇다. 언어는 역사와 환경의 산물인지라, 벤또, 쓰봉 같은 말은 도시락과 바지에 밀려났고, 서클이라는 말도 동아리라는 말로 대체되었다. 그러나 때로는 그 암이 규범으로 되기도 한다.

산에 가까워지자, 비탈을 일군 밭들이 눈에 띈다. 완두콩 꽃이 피었다. 나비 같은 꽃. 꽃향기가 팔랑팔랑 날아든다. 오르내리는 사람들이 아이에게 인사를 한다. 비 듣다 싶더니만, 다시 햇살이다. 햇볕과 햇살을 구분할 줄 알았던 우리 민족은 예민한 사람들이다. 빛을 입자와 줄기로 구분할 수 있었다니!

산에서 내려오던 할머니 한 분이, "오메, 귄있능 거" 하신다. '귄있다'는 말은 귀엽다는 말에서 왔을 테지만, 귀엽다와 귄있다가 동일한 뜻으로 쓰이지는 않는다. 말은 사용하는 사람들의 정서의 반영이다. '귀엽다'는 말을 사전에서 찾아보면, '귀염성이 있어 사랑할 만하다'고

242

나온다. 여기에서 귀염은 '사랑해 귀엽게 여기는 마음'이라고 설명되어 있다. 귀엽다는 말이나 귄있다는 말이나, 사랑해 귀엽게 여기는 마음이 깔려 있는 것은 사실이다. 하지만 귀엽다는 말은 거기에 하나를 더해 '깜찍하다'는 뜻이 가미된다. 반면 귄있다는 말은 깜찍하다는 의미보다는 '복스럽다'는 뜻이 강화되어 있다. 풍토가 다르면 말의 의미가 달라진다.

종종거리던 아이가 다리 아프다며 주저앉는다. "아빠, 다리 아퍼." 나는 아이에게 모음조화에 대해 말하지 않는다. 인간이 정한 규칙을 안다는 것은 사회화가 된다는 것이다. 당분간 나는 아이를 자연 속의 한 존재로 두고 싶은 욕심이 있다. 아이를 안고 있자니 땀이 난다. 이제는 내려가야 할 시간이다. 저무는 숲은 모든 게 정리된 느낌이 든다.

안과 밖이 드나들며 숨 쉬는 공간, 으지

'으지' 라는 말이 '아리' 라는 말과 붙어서 '으지아리' 로 쓰일 때에는 어제의 뜻을 지니지만, '으지' 는 시간을 뜻하는 말이 아니라, 장소를 뜻하는 말로 사용되기도 한다. 흔히 전라도에서는 비바람으로부터 피할 수 있는 장소를 '으지' 라고 하는데, 이때의 '으지' 는 어제를 뜻하는 '으지' 와 발음이나 표기는 동일하다고 하더라도, 그 뜻은 전혀 다르다.

안도 아니고 바깥도 아닌 곳. 혹은 안이면서 바깥인 공간. 안과 밖이 섞이는 곳이 으지인 셈이다. 안과 밖이 드나들며 숨 쉬는 곳. 으지는 안의 숨통이고 바깥의 쉼터이다. 예를 들면 처마 밑이나 토방 같은 장소가 으지에 속하는데, 집이라는 공간을 벗어나면 나무 밑이나 바위 아래도 으지이다. 으지는 비바람을 완벽하게 차단하는 장소가 아니라, 비가 내려 조금 젖더라도 피해가 없을 만한 곳, 바람이 불더라도 날려가지 않을 만한 장소의 총칭이다.

여름날 보리를 널어둔 멍석을 두고 들에 나가면, 어머니는 늘 하늘을 보면서 일기예보를 하였다. "구름이 호계 짝에서 몰려와갖고, 용두봉 짝으로 들어가면 비가 온다"는 어머니의 말은 한 번도 틀린 적이 없었는데, 어머니만 그런 것이 아니었다. 구름이 흘러드는 방향을 보고 날씨를 점치는 것은 그 마을에 살았던 농사꾼이라면 누구나 가능했다. 그래서 호계 쪽에서 몰려온 먹구름이 용두봉 쪽으로 몰려가면 들에 있던 사람들은 갑자기 부산해졌다.

그런 날이면 우리는 쇠스랑으로 논을 고르다가도, 꼴을 베다가도, 달음박질로 비설거지를 하러 가곤 하였다. 아무래도 달리기는 우리가 빨라서 비설거지를 끝낼 무렵에야 도착한 어머니는 우리가 미처 보지 못했던 것들을 단속하면서, 손이 달릴 때면 이미 젖은 쇠스랑을 가리키며, "아가 고 소시랑은 으지다가 두그라" 그랬다.

으지도 으지이지만, 우리네 살림집은 참으로 다양한 공간이 공존하였다. 방과 간, 꽝과 레, 이런 식의 접미사가 붙은 것만 해도 다 나열하기가 힘들다. 생각나는 대로 적어보면 '방'만 하여도 안방, 건넛방, 갓방, 아랫방, 정게방, 소죽방, 가운뎃방, 머슴방 등이 있었고, 굳이 덧붙이면 토방(토방을 방으로 쳤던 사실은 재미있다)이라는 방도 있었다. '간'이라는 접미사가 붙은 말로는 곳간, 곡간, 마구간, 뒷간 등이 있었고, 장꽝이나 감자꽝이라는 말은 '꽝'이라는 접미사가 공통이다.

'레'로 끝나는 말에는 물레와 말레가 있는데 표준어에서는 그 둘이 합해져서 마루라는 말이 쓰인다. 말레와 물레는 둘 다 나무판을 깔아서 만든 것이지만, 둘의 구분은 분명하다. 말레는 문 안에 있는 공간을 뜻하고 물레는 문 밖의 공간을 뜻하는 것이다. 말레는 방과 똑같이 생겼지만 아궁이가 딸리지 않고 바닥이 나무로 되어 있는 대청이다. 담양이나 장흥에 가면 정자들이 많은데 그곳에 있는 마루들은 전라도 말로 표현하면 물레인 것이다.

그리고 이 많은 공간을 벗어난 바깥을 전라도에서는 '한데'라고 하는데, '한데'라는 단어는 전라도에서 자주 사용되기는 하지만, 사투리가 아니라 표준말이다. 사전에 올라 있더라도 사투리인 것처럼 생각되는 말들이 여럿 있는데, 그중 '한데'와 '오지다'는 단어가 대표적일 것 같다.

한데에 해당되는 장소들은 마당이나 뒤안, 논사밭(남새밭) 등을 들수 있을 것이다. 그 밖에 그릇을 놓는 장소로 '살강'이 있었고, 시렁을 뜻하는 '실강'이 있었는데, 어렸을 때 나는 살강, 실강이나 오강(요강)이 왜 똑같은 '강'인지 의아해하였다.

싸랑부리로 비빔밥이나 해묵어부까?

며칠 전에는 풀이름 하나 알려다가 밤을 샜다. 다른 것이 아니라, 어린 시절 생으로 먹었던 풀인데, 우리들은 그것을 '고상'이라고 불렀다. 소루쟁이 비슷한 것으로, 잎이나 꽃 모양은 비슷하고 단지 크기만 다른 느낌인데, 소루쟁이보다 작다. 전라도에서는 소루쟁이를 '뱀풀' '뱀고수' '비암고상' 등으로 부른다.

그런데 이 고상이라는 것을 표준말로는 뭐라고 하는지, 알려다가 밤을 샌 것이다. 이 고상이라는 것을 전북 쪽에서는 '고수'라 하고, 남쪽에서는 '고상', 혹은 '고상대'라고 한다. 나에게는 야생화에 관한 책이 몇 권 있는데, 어디에도 나오지 않는다. 인터넷을 여기저기 뒤져보았지만, 종잡을 수가 없다. 그렇게 밤샘을 하여 찾아낸 이름이 '수영'이었는데, 백과사전에 나와 있었다. 물론 수영이라는 이름과 생김새를 알고 있었다면, 찾기는 훨씬 쉬웠을 것이다. 하지만 나는 생김새를 알고는 있었지만, 내가 알고 있었던 이름이 고상이었기 때문에 애를 먹은 것이다.

자료를 보니 '수영'과 '애기수영'이 따로 있는데, 전라도에서는 그 것을 구분하지 않고 통틀어서 '고상(혹은 고수)'이라고 하였다. 어려서 는 그 고상을 많이도 먹었다. 3월이면 피어났던 참꽃(진달래)도 지고, 보리이삭이 막 패기 시작하는 4월 말이나 5월 초에는, 참으로 먹을 것 이 없었다. 요즘에야 쑥이나 냉이도 지천에 널려 있지만, 이삼십 년 전 에는 나물될 만한 것은 서로 뜯어가는 바람에 천신(차지)하기가 여간 어렵지 않았다.

고상은 대체로 신맛이 나는데, 처음 먹어보는 아이들은 "오메 싱거" 함서 도래질(도리질)을 친다. 염소도 이 풀을 좋아하는데, 행여 염소를 끄집고 들에 나가서 고상밭을 만나기라도 하면, 염소보다 먼저 먹기 위 해 신경전을 벌이곤 하였다. 고상으로부터 좀 떨어진 곳에 염소를 묶어 두고, 내가 먼저 양썬(양껏) 먹은 다음에 염소를 풀어주곤 하였는데, 고 집 센 숫염소를 끌고 나온 경우에는 염소를 이기지 못해, 염소와 날날하 게(나란히) 서서 고상을 뜯어먹어야 했다.

이름 하나 알기 위해 밤을 새웠지만, 이런 경우가 한 번만 있었던 것 은 아니다. 워낙에 아는 것이 없는 탓도 있지만, 가까운 곳에 알 만한 사 람이 그다지 없는 까닭에 이름 하나 알아내기도 버거울 때가 많다. 하지 만 풀이나 나무의 이름을 하나씩 알아가는 과정은 재미있다.

시골에 가서 여러 어르신들에게 식물의 이름을 물어보면, 몇몇은 어 지간한 풀이름들은 죄다 대기도 한다. 하지만 거기에서 배운 식물의 이름을 책자에서 찾다보면 한계에 부딪히게 된다. 아예 나오지 않는 것이 많을뿐더러, 이름이 다른 경우가 다반사이다. 사실 우리 꽃에 관심들이 많아져서 그에 따라 책자도 꽤 나와 있지만, 대개의 책자들은 예쁜 꽃 위주로 나와 있어서, 살아가면서 쉽게 만나는 식물들의 이름을 알아내기는 상당히 어렵다.

그런데 시골에 사는 나이 든 사람들의 경우에는, 집 주변의 풀이나 나무의 이름을 거의 알고 있다. 재미있는 것은 시골 사람들은 먹을 수 있는 것과 먹을 수 없는 것을 구분하고, 특히 먹을 수 있는 것들의 이름은 빼놓지 않고 알고 있다. 전문가들이 묶은 책들은 눈을 중심에 둔 반면에, 시골 사람들은 입을 중심에 두었다고 할까.

그래서인지, 시골 사람들이 알고 있는 식물의 이름에는 '뭣뭣 노물'이나 '무슨무슨 노물'이라는 이름이 참 많다. 비단 사투리에 한정된 이야기는 아니다. 한자어나 외래어가 아닌 경우에 식물 이름의 대부분은 그 '쓰임'과 관련이 있다. 무슨무슨 노물이나 무슨무슨 약 같은 것이 많다는 이야기이다. 그리고 그 식물의 어느 부분이 중하게 쓰이느냐에 따라 이름이 지어지기도 한다. 가령 잎이 중한 식물은 '무슨무슨 잎'이라 부르고, 뿌리가 중요한 것은 '무슨무슨 뿌리'라고 부르는 식이다.

예를 들면 괭이밥이나 우슬 뿌리 같은 것이 있다. 괭이밥은 말 그대로 고양이 밥이라는 것이다. 잎은 토끼풀 비슷하게 생겨가지고 노란 꽃이 눈곱만하게 피는 풀인데, 이것을 전라도 광양 쪽에서는 '씬나물'이라고 하였고, 장흥 쪽에서는 '시른노물'이라고 하였다. 토속어에 가까울수록 노물이라는 명칭이 많다. 어떤 곳에서는 고들빼기를 씬나물이라고도 하였는데, 괭이밥을 뜻하는 씬나물과 고들빼기를 뜻하는 씬나물은 발음이 사뭇 다르다. 괭이밥을 가리키는 씬나물은 '신나물'에 가깝게 발음을 한다면, 고들빼기를 뜻하는 씬나물은 발음이 '쓴나물'에 가깝다고 보면 될 것이다.

봄이 되면 약간 그늘진 곳에 자라는 '모굿대(머위)' 혹은 '머구'를 먹어보지 않은 사람은 드물 것이다. 쌉싸름하니 입에 감기는 그 쌈을 무엇에 비유해야 할까. 모굿대 쌈을 먹을 때는 풋고추에 된장이 함께면 더욱 좋다. 모굿대 잎싹 하나를 손 위에 얹은 후, 풋고추에 된장을 듬뿍 찍어 먹으면 입맛 없던 봄도 금세 지나간다.

음식도 음식이지만, 아이들의 놀이도구로서도 식물들이 중요한 역할을 하였는데, 겨울이면 팽이채로 쓰기 위해 뽕나무 뿌리의 껍질을 벗겼으며, 봄이 되면 제기를 차기 위해 질경이 잎을 뜯었다. 제기를 만드는 데 주로 사용되었던 질경이는, 이름처럼 질겨서 한번 제기를 만들어두면 상당히 오래 사용할 수가 있었다. 며칠을 질경이로 만든 제기를 가지고 노는데, 어떨 때는 바싹 말라버릴 때가 있다. 그러면 마른 제기를 물에 담그는데, 물을 빨아들인 제기는 다시 쓸 수가 있었다.

질경이를 전라도에서는 '빠뿌쟁이' '빼뿌쟁이' '빼뽀쟁이' 그런 식으로 부르기도 하는데, 흔히 제기를 만드는 데 쓰기 때문에 '제기풀'이라고도 불렀다. 자라서 뻣뻣해지면 제기 만드는 데나 사용하지만, 어린잎은 나물로 먹기도 한다.

흔히 산 낮은 곳에 많은 것 중 '마삭줄'이라는 것이 있는데, 전라도에서는 그것을 '저우살이'라고 한다. 겨울에도 시들지 않는 데서 유래한 이름일 것이다. 굳이 표준말로 바꾸어보면 '겨우살이'가 될 것이다. 또한 제비꽃을 '시른꽃' 혹은 '시름꽃'이라고도 하는데, 시름이 가득한 꽃이란 말일까. 봄날 낮은 곳에 무더기로 꽃 피운 제비꽃. 보릿고개 넘어가는 철이니, 꽃 보는 마음에는 시름이 가득하였을 것이다.

얼마 전에 시골에 갔더니 화단에 웬 할미꽃이 가득했다. 무슨 할미꽃을 다 심어놓았냐는 나의 말에, "이, 망망치꽃, 요새는 겁나 귀하닥 하드라" 어머니는 태연히 대답을 하였다. 할미꽃을 전라도에서는 '망망치꽃'이라고 하는데, 실제로 화분에 넣어서 파는 곳이 있다고 한다. 오랜만에 망망치꽃이라는 말을 들은 나는 마당 한 귀퉁이에 있는 풀을 가리키며 "엄니, 이것은 무락 한다아?" 하고 물었다. 그랬더니 어머니의 대답이 이번에도 거침이 없다. "이, 빼쭉대기. 고것도 노물로 묵고 그란다." 민들레 비슷한 것인데, 나는 그 풀의 공식적인 이름을 모른다. 어머니의 말은 이어진다. "고것이랑 비스무레하게 생긴 것이 있는디, 잎싹이 희끗희끗하니, 근디 고건 지청구락 허고, 요놈은 빼쭉대기라고 한다."

봄에 나오는 나물들은 대개 쌉싸름하다. 냉이나 고들빼기도 쓴맛이 강하고, 아예 이름을 씀바귀라고 부르는 씀바귀야 말해 무엇 할까. 씀바귀를 전라도에서는 여러 가지 이름으로 부르는데, 전남 쪽에서는 대개 '씀바구'라고 하며, 전북에서는 '싸랑부리'라고도 한다. '싸랑부리'

라는 말에서도 사랑의 뿌리가 연상되는데, 진정한 사랑의 뿌리는 쓴 것이 아닐까. 단맛이야 지나고 나면 이빨만 썩게 하고 입맛을 잃게 하지만, 쓴맛은 없는 입맛도 되살려준다. 진정한 사랑은 그런 쓴맛이 아닐까 싶다. 소태처럼 쓰지는 않더라도 씀바귀 정도의 쌉싸름함은 생활의 활력이 될 것이다.

일이 많이 밀린 요즘은 밥맛이 없다. 내일은 근처 야산에 가서 '싸랑부리' 나 한 줌 뜯어와서 비빔밥이나 해먹어야겠다.

참고 삼아 풀이름 몇 가지 올려둔다.

•괭이밥 씬나물(광양), 시른꽃노물, 시른꽃(장흥).

•씀바귀 씀바구(장흥, 광양), 싸랑부리(전북).

•머위 머굿대, 머구(광양, 정읍), 모굿대(장흥).

•마삭줄 저우살이(장흥).

•배롱나무 간지막나무(장흥), 배락나무(광양), 간지밥나무, 간지 럼나무(정읍).

•잔대 딱지(장흥), 딱주(광양).

•소루쟁이 비암고상(장흥), 뱀풀, 뱀고수(정읍).

•뱀무 비암딸기, 뱀딸기(장흥), 뱀딸(광양), 뱀뙤알(정읍).

•덩굴딸기 산딸(광양), 보리뙤알(장흥).

•산딸기 나락뙤알(광양), 뙤알낭구(장흥).

•엉겅퀴 항가꾸(장흥, 광양), 한가꾸(화순).

• 봄맞이꽃 봄보꾸(장흥).

• 머루 멀구(장흥, 광양).

• 달개비 달구장풀(장흥), 달구꽃(광양).

• 부추 솔(장흥), 소불(광양), 정구지(담양).

• 고마리 고마니대, 디아지풀(장흥).

• 부초 작은 것 올챙이밥, 깨구리밥(장흥).

• 부초 큰 것 뚜께비밥(장흥).

• 달래 달롱개(장흥, 광양).

• 수영 고상(장흥), 고상대(강진), 고수(정읍).

• 할미꽃 망망치꽃(장흥).

• 고비 해침(장흥).

• 자리공 미국생귀양(장흥).

• 양하 양이(정읍), 양애(장흥).

• 질경이 제기풀, 빠뿌쟁이(장흥), 빼뿌쟁이, 빼뽀쟁이(광양).

• 꽈리 뙤알(전북 전역).

• 눈비름 비름노물(장흥, 광양).

• 도라지 돌갓(순창, 정읍, 장흥), 돌가지(장흥).

거시기

전라도 사람들은 대개 감정을 드러낼 때 백 퍼센트를 드러내는 것이 아니라, 칠십 퍼센트 정도만 드러낸다. 몸이 아파서 죽을 고비를 넘긴 사람에게 병문안을 가면, 환자가 전라도 사람일 경우 어김없이 나오는 말이 "괜찮하다"이다. 그러나 남들이 보기에는 심각한데도 '괜찮하다'고 한 그 사람의 말을 곧이곧대로 믿었다가는 곤란하다. 그런 경우는 자기의 문제만이 아니라 자신의 가족에 대해서 얘기할 때도 마찬가지다. 가령 공부를 아주 잘하는 자식을 둔 부모에게 그 집 아이의 이름에 대며 "아그가 공부를 영판 잘한담서?" 그렇게 물으면, "이, 조깐(조금) 하는 모냥이데" 한다. 도대체 자기 자식에 대해 말하면서 '~하는 모양이데'라니! 자식에 대해 알고 있는 것인지 모르고 있는 것인지 의심이 들 정도로 무심한 말이 아닐 수 없다. 더군다나 공부를 잘하면 잘하는 것이고 못하면 못하는 것이지, '조금 하는 것'이라니, 그 정도를 알 수가 없다.

하지만 같은 전라도 사람끼리는 그런 대화를 하면서 하나도 오해가 생기지 않는다. 전라도 사람들에게는 자기나 자기 주변에 대해서 함부로 내세우지 않는 정서가 깔려 있다. 그러나 상대에 대해서는 과장이다 싶게끔 부풀려서 말을 한다. 내 자식이 공부를 잘하면 조깐 잘하는 것이 되고, 남의 자식이 공부를 잘하면 무쟈게 잘하는 것이 되는 것이다.

그것이 말에도 그대로 반영되어서, '이상(예상 외로)' '영판' '솔찬히(꽤 많이)' 등 막연한 정도를 나타내는 단어들이 많다. 그것은 어떤 '정도'를 말할 때만 그런 것이 아니라, 대상을 지칭할 때도 마찬가지다. 어떤 장소나 물건의 이름이 쉽게 떠오르지 않을 때, 전라도 사람들은 그냥 '거시기'라고 해버린다. "거시기 갔다 왔다"라든지, "거시기 조깐 갖고 와라" 이런 식이다. 대화의 맥락을 정확하게 알고 있지 않으면, 같은 전라도 사람이라도 이해하기 힘들 때가 많다. 하지만 이 '거시기'는 표준어이기는 하여도, 전라도 말과 전라도 정서를 이해하는 데 중요한 단어 중 하나이다. 나의 아버지가 즐겨 쓰는 단어이기도 하여, 나는 몇 년전에 거시기로 시를 쓰기도 하였다.

고희의 언덕을 오르며 아버지는 거시기라는 말을 자꾸 내뱉는다
아버지에게는 아내도 아들도 거시기가 되고 염소도 경운기도 거시기가 된다 거기에 익숙해진 우리는 아야거식아 소리에 예예 대답을

한다 어떤 사람은 나의 이름이 거시기가 된 것이 우스워 웃기도 하고
형제들 여럿 있을 때 이구동성 대답하면 도대체 누가 거시기냐 묻기
도 한다 이 거시기는 지독한 것이어서 소 밥 주고 오라는 얘기가 아
버지 입을 거치면 거식아거시기거시기좀주고오그라이가 된다 아버
지에게는 개똥과 하눌님이 거시기이고 모든 행위까지 거시기이다
거시기가 이 세상의 처음이고 끝인 아버지는 아무리 어려운 일도 거
시기하면 되제 그런다 마을의 골목길 포장 문제에서부터 남북 문제
에 이르기까지

— 이대흠, 「거시기」 전문

이쯤 되면 지독한 거시기이다. 어느 지역의 말을 이해하고 안다는
것은, 그곳의 모든 것을 이해하고야 가능한 일일 것이다. 외국어를
배울 때도 단어만 알고서는 어렵듯이, 일정 지역에서 쓰이는 사투리
를 이해하기 위해서는 그 지역 사람들의 생활 속으로 들어가야 할 것
이다.

조금 전에 후배가 전화를 해서는 "그나저나 성이 댄참하요" 그랬다.
요즘 내 일이 많다는 것을 알고 고생한다고 한 얘기다. 그런데 거기에
대한 나의 답변은 "괜찮해!"였다. 하긴 이미 전라도 사람인데 어쩔 것
인가.

그러나 전라도는 전라도 나름대로의 말과 풍토가 있듯이, 다른 곳
도 마찬가지라는 점을 간과해서는 안 된다. 나는 대학 시절 경상도 친

구 하나와 친하게 지내면서 그의 말을 의도적으로 배운 적이 있다. 나는 나와는 전혀 다른 그의 말을 하나씩 배우고 이해하기 시작하면서 그와 밀접해질 수 있었다. 말이 통하면 문제될 것이 별로 없는 게 인간 세상이다.

이무로운 사람

말은 산세를 닮아 있다. 높은 산이 많은 곳에서는 억양이 두드러지고, 평야가 많은 곳에서는 장단이 발달한다. 그래서 백두대간이 흐르는 강원도와 경상도에서는 말의 고저가 발달하였고, 평야가 많은 전라도에서는 길게 빼고 짧게 끊음에 그 말의 생명이 있다. 그것은 같은 전라도 내에서도 마찬가지인데, 동편제와 서편제를 비교해보아도 그 특성은 여실히 드러난다.

우리나라 최대의 평야라는 호남평야와 나주평야가 있는 전라도 말은 그 산세를 닮아서 어떤 말은 길게 늘어지고 어떤 말은 짧게 발음된다. 낮은 산들이 구불구불 이어지듯 어떤 말은 한 단어가 담배 한 대 참이 지나도록 끝나지 않고, 평야 한가운데 섬처럼 솟은 독산 모양 어떤 단어는 대여섯 음절이 순간에 끝나기도 한다.

그래서 모르는 사람이 문자화된 전라도 말을 읽을 때는 곤혹스러울 수밖에 없다. "그 가시내가 거짓말맹키로 가불드랑께" 했을 때의 '거짓 말맹키로'는 팔분음표를 사용해야 한다면, "하지 말어야. 염병할 것이, 기냥—" 했을 때의 '기냥—'은 온음표를 사용해야 할 것이다.

가을이면 늘 생각나는 시 중의 하나가 '오메 단풍 들겄네'로 시작하는 「누이의 마음아 나를 보아라」라는 영랑의 시인데, 여기에서 쓰인 '오메'는 전라도를 대표하는 감탄사라 해도 손색이 없을 것이다. 전라도 말에는 감탄사가 발달되어 있는데, '오메'를 비롯하여 '워메, 아마, 와마, 하마, 아따, 아따메, 아먼, 아따워메, 하이고메, 하이고, 아이, 아이마다' 등 셀 수가 없을 정도이다. 그런데 '오메'라는 감탄사와 뜻은 유사하지만, 더 강화된 뜻으로 쓰이는 '아따워메'나 '하이고메'라는 단어의 발음에 소요되는 시간은 '오—메'보다 짧으면 짧았지, 길다고는 볼 수가 없다. 그만큼 말의 장단이 발달한 것이다.

말은 늘어지면서 능청이 붙고 정이 붙는다. 어려서 친척집에 다녀올 때면 늘 듣는 말이 "조심해 가그라이잉"이다. 그냥 '조심해서 가라'라고 하면 끝날 말이 '조심해 가그라이'로 표현되거나 그보다 더해서 '조심해 가그라이잉'까지 가면 언어의 효율성을 따져볼 수도 있을 것이다. 그러나 지극히 비효율적인 이 말 속에 전라도의 가락이 녹아 있고 정감 있는 전라도 사람들의 마음이 담겨 있는 것이다.

아무리 나쁜 감정을 가지고 누군가를 만났더라도, 이 '-이잉'이나 '-께라우' 앞에서 녹지 않을 재간이 있는 사람은 없을 것이다.

'-이잉'이나 '-께라우' 앞에서 녹지 않는 사람이라도, 전라도 말에서만 나타나는 '-음시롱'에 이르면 그야말로 찰떡의 고물처럼 상대의 마음자리에 찰싹 달라붙게 될 것이다. '-음시롱'은 '-으면서'에 해당하는 말인데, 흔히 동시에 일어난 일을 설명할 때 사용하거나, 상반되는 내용을 연결할 때 사용된다. "떡을 묵음시롱 말얼 하는디"라거나 "가시내가 좋음시롱 안 그란대끼(듯이) 하네이" 식으로 쓰인다.

'-이잉'이나 '-음시롱'이 붙은 말은 그냥 말이 아니라 노래가 된다. 그리고 이 말을 사용할 수 있는 관계는 이미 '이무로운' 사이다. 전라도 말 중 '이무룹다' 내지는 '이미룹다'는 말은 격이 없는 가까운 사이를 나타내는 말인데, 나는 그 말을 '이물(異物)'이 없다는 뜻으로 생각한다. 사람과 사람 사이에 이물이 없다는 것은 한 몸이라는 뜻이다. 그래서 이무로운 사람은 남이 아니다. 한세상 살면서 이무로운 사람 한둘 있다면 그도 행복한 삶일 것이다.

무엇것들이 어주차게 더 그란당께

한마을 안에서도 몇 가구씩을 묶어 세분하여 부르는 명칭이 있다. 예를 들면 산 밑에 있는 집들은 '산밑에', 산모통이에 있는 집들은 '모랭이', 강변에 있는 집들은 '갱밴', 이런 식이다. 내가 살았던 마을도 안고랑, 골안, 오구에, 원테, 비까레, 사장거리 등 마을 안에 여러 지명들이 있었다. 큰 도시에 여러 개의 구나 동이 있는 것과 같다.

그런데 어느 마을에서나 쉽게 발견되는 지명 중 '~너메'나 '새터'라는 것이 있는데, 그런 지명들은 한마을이라고 하더라도 별개의 공간 성격이 강했다. 씨족공동체의 성격이 짙었던 우리네 마을 사람들은 외지인들이 이주해오는 것을 무척 꺼렸다. 그래서 피치 못할 사정으로 외부에서 사람이 이주해오면 일정한 금 밖에 살게 하였는데, 그곳이 '새터'나 '~너메'가 된다.

'새터'는 집이 없던 곳에 집을 지은 새로운 터를 뜻하고, '~너메'는 어느 경계를 넘어선 곳을 뜻한다. 금 밖인 것이다. 금 안에 사는 사람과 금 밖의 사람은 마을의 대소사를 논할 때 발언권부터가 다르다. 금 안의 사람들이 보기에 금 밖에 있는 사람들은 일종의 '우엣(가외)사람들'이다. 비주류인 것이다.

'~너메'에는 마을의 주를 이루는 씨족들과는 다른 사람들이 산다. 타성바지, 당골, 산지기, 그리고 정체를 알 수 없는 외지인들이 자리를 잡는다. 물론 여기에서 정체를 알 수 없다는 것은 기존 마을 사람들의 시각에 의해서이다. 내가 당장 고향이 아닌 낯선 마을로 이주해간다면 나는 그 마을의 '~너메'나 '새터'에 자리를 잡을 수밖에 없다. 낯선 마을에서 나는 타성바지거나 내력 없는 사람일 수밖에 없기 때문이다.

타성바지는 마을의 주를 이루는 사람들과 성씨가 다른 사람을 가리킬 때 쓰는 말이고, 산지기는 한 문중의 묘소를 일임하여 관리하는 사람을 뜻한다. 그런데 한마을에 오래 살았더라도 영원히 '~너메'에서 살 수밖에 없었던 사람이 있었는데, 당골이 그랬다.

'당골'은 '단골, 당골네'라고도 하는데 무당을 뜻하는 말이다. 무당에는 두 종류가 있는데, 신내림에 의해 무당이 되는 강신무와 세습되어 무당이 되는 세습무가 있다. 당골은 세습무에 한정하여 쓰는 용어이다. 세습무인 당골은 일정한 관할구역을 가지며, 그 지역에 사는 사람들의 많은 일에 관여했다. 길흉을 점쳐주는 것은 기본이고 신년이 들면 신수를 봐주고 사주팔자나 궁합은 물론이요, 이런저런 말 못 할 사정까지 들어주어야 했다.

뿐만 아니라 아이를 낳았을 때 가장 먼저 오는 손님도 당골이었고, 몸이 아플 때도 당골에게 보였으니, 인생 상담사에다 일종의 의사 역할까지 한 셈이다. 그렇게 많은 일을 하다보니 당골의 마을 출입은 잦을 수밖에 없었고, 불현듯 어느 집에 들어서도 흠이 되지 않았다.

자주 가는 가게를 단골집이라고 하고 자주 오는 손님을 단골이라고 하는데, 이 '단골'은 무당을 뜻하는 '당골'에서 유래되었다.

어려서 많이 들었던 지청구 중의 하나가 "우엣것들이 어구차게 더 그란당께" 하는 것이었다. 장자를 중시하였던 가정에서 큰아들이나 차남을 제외한 모든 아이들은 우엣것들이었는데, 먹거리가 부족했던 시절인지라 어쩌다 사과 몇 개라도 생기는 날이면 형제간에 쟁탈전이 벌어졌다. 그럴 때면 나이 든 형들은 동생들 생각에 손대지 않게 되고, 어린것들은 제 입 생각에 먹을 욕심만 남게 되는 법인데, 그럴 때면 어머니의 입에서 꼭 그 말이 나왔다.

'어구차다(어기차다)'는 말은 '감당하기 어려울 만큼 드세다'는 뜻으로 쓰인다. 좋은 말로 바꾸면 활동력이 왕성하고 적극적인 생활태도를 가진 사람을 '어구찬 사람'이라고도 할 수 있을 것이지만, 대개 부정의 뜻으로 쓰인다. 언제든 우엣사람들은 어구차거나 숨을 죽여야 살아남는 법이다.

밥태기낭구를 생각하며

봄의 문빗장을 맨 처음 여는 꽃이 매화라면, 봄의 절정에 온 세상을 환하게 만드는 것이 조팝나무 꽃이다. 조팝나무는 조로 지은 밥인 조밥에서 유래한 이름인데, 비슷한 예로 이팝나무가 있다. 이팝은 이밥에서 온 말인데, 이밥은 쌀밥을 뜻한다. 쌀의 옛말이 '이'였기 때문이다. 지금도 함경도 지방에서는 쌀밥을 이팝이라고 부른다.

봄의 절정에 피어나는 꽃 이름들이 이팝, 조팝인 이유는, 다른 것이 아니라 보릿고개 때문인 것 같다. 봄은 깊어 꽃들이 피어나고 산에 들에 온갖 풀 나무 들의 물이 올라도, 배가 고픈 사람에게 아름다운 풍경이 무슨 의미가 있을 것인가. 쌀밥보다 더 환한 이팝나무의 꽃도, 조밥 같은 조팝나무의 꽃도 그림 속의 떡이었을 것이다.

그런 조팝나무를 전라도에서는 '밥태기낭구' 혹은 '싸래기낭구'라고 불렀다. '밥태기'라는 것은 밥알을 뜻하는데, 그릇에 담긴 밥을 그렇게 부르는 것이 아니라, 풀 대신 손에 묻힌 밥알 몇 개, 혹은 밥을 먹다가 떨어뜨려 옷에 붙어 있는 밥알들을 밥태기라고 하였다. 흥부가 놀부 마누라를 찾아가 사정을 하다가 주걱으로 뺨을 맞자 얼굴에 붙은 밥알을 떼어 먹으며, "성수, 한 번만 더 때레주씨요"라고 했다던가. 그때 흥부의 낯에 붙었을 밥알들을 밥태기라고 부른다. 그러므로 밥태기는 양을 채우기에는 한없이 부족한 몇 개의 밥알이니, 밥태기나무의 꽃은 밥처럼 보이지만 양식은 아니라는 뜻을 담고 있다.

'싸래기'도 가난한 시절을 절실히 드러내는 말이다. 지독한 가난을 건너온 사람들은 무시(무)밥이나, 감자밥을 들먹이며 가난을 이야기하면 코웃음을 칠지도 모른다. 하지만 싸래기밥을 짓기 위해 돌 반 싸래기 반인 소쿠리를 앞에 놓고 싸래기 추려낸 이야기에는 고개를 끄덕일 것이다.

요즘이야 방앗간도 거의 사라지고 방아를 찧으러 먼 곳으로 가는 사람도 없지만, 이십여 년 전만 하여도 방앗간은 살아 있는 풍경이었다. 방아를 전라도에서는 '방애'라고 하는데, 이전에는 영화를 누렸던 디딜방애나 물방앳슬(물방앗간)은 근대화의 물결에 밀려나고 발동기를 동력으로 한 방앳간이 주로 있었는데, 기계를 사용한 탓인지 방앗간이라는 이름 대신 정미소라고 불렀다.

정미소에서 방아를 찧으면 맨 먼저 나오는 것이 왕제인데, 표준말로는 왕겨라고 부른다. 왕제가 나오고 뒤이어 죽제(등겨)가 나오고 이물께가 나오고 쌀이 나온다. 방아를 찧는다는 것은 그냥 껍질만 훌렁 벗겨

내는 게 아니다. 나락이 워낙에 작은 알갱이인지라 여러 차례 껍질 벗기는 과정을 거치는데, 9도 정미, 8도 정미, 7도 정미 하는 식으로 구분이 된다. 나락 하나의 크기를 백 퍼센트로 잡고 구십 퍼센트의 크기로 깎아낸 것이 9도 정미이고, 8도나 7도 정미도 마찬가지의 개념이다.

마을 가까운 곳에는 방앗간이 두 개 있었는데, 하나는 왼쪽에 있었고 다른 하나는 오른쪽에 있었다. 거리도 비등방방(비슷)하여 가을이 되어 방아를 찧으러 갈 무렵이면, 방아 찧고 온 사람들의 말에 귀를 기울이게 된다. 그중 가장 관심을 끄는 말은 어느 방앗간에 갔더니 쌀이 얼마나 나오더라는 이야기이다. 한번은 쌀이 많이 나온다는 방앗간에 방아를 찧으러 가는 어머니를 따라간 적이 있었다. 그런데 쌀이 나오고 이물께 등이 나온 후에 어머니의 입에서 나왔던 말이 지금도 생각난다.

"우째서 이물께하고 죽제는 요만이나빽이 안 나왔으까?"

겉을 조금 깎으면 쌀은 많이 나오지만, 죽제나 이물께는 적게 나올 수밖에 없다. 하지만 양식이 부족한 시절의 사람들 마음은 쌀도 많이 나오고 죽제나 이물께도 많이 나오는 기계가 있으리라 믿고 싶었을 것이다.

대개의 경우 다섯 말의 벼를 정미하였을 때 나오는 쌀의 양은 두 말세 되 정도인데, 그보다 더 많이 나올 수도 있고 적게 나올 수도 있다. 그것은 모두 어느 정도 깎아내느냐에 따라 다른 것이다. 요즘 영양식으로 권장되는 현미라는 것은 9도나 8도 정미한 쌀이다.

왕제는 대개 거름으로 썼고, 죽제는 소죽을 쑬 때 빼놓을 수 없는 것이었다. 죽제가 들어가지 않은 소죽은 죽이 아니라 짚 삶은 물이었는데, 그곳에 죽제 한 바가지를 넣어야 비로소 걸쭉한 소죽이 되었다.

이물께는 죽제에 가깝기는 하지만, 깨알처럼 작은 쌀 부스러기가 섞여 있었다. 싸래기밥도 떨어지면 이물께로 쑥버무리를 해먹기도 하였는데, 꺼끌꺼끌하였던 그 맛을 무엇에 비유해야 할까.

쌀이나 죽제나 이물께 등이 정미하는 정도에 따라 차례로 나오는 것이라면 싸래기는 돌을 거르는 과정에서 나오는 부산물이다. 그냥 빻은 쌀은 모래가 섞여 있기 때문에, 가마니에 담기 전에 일종의 체를 거치게 되는데, 얼멍얼멍한 구멍들은 쌀알보다 작은 것만 빠지게 되어 있었다. 그곳을 통하여 모래나 흙가루들이 쌀과 분리되는 것이다. 하지만 크기를 기준으로 분류하기 때문에, 모래와 함께 깨어진 쌀알이나 잔 쌀알들이 섞여 나온다. 그것이 싸래기인데 검거나 흰 모래가 반, 잔 쌀알이 반이라고 보면 된다.

넉넉한 집에서는 닭의 모이로 주지만, 오지에 사는 대부분의 사람들은 '싸래기밥'을 지어 먹었다. 하지만 아무리 애를 써 돌을 골랐다고 하여도 싸래기밥을 먹다보면, 한 숟갈 뜰 때마다 잔돌을 씹어야 했다. 너무 환해서 눈물나는 꽃, 싸래기꽃. 꽃 하나도 살아온 내력과 무관하지 않아서 자꾸 옛 시절이 떠오른다.

제, 지, 께, 늘

인간의 수명이 길어졌다고 하지만, 모두의 수명이 길어진 것은 아니다. 하지만 수명에 대한 통계가 나오면 자연히 보게 되는데, 언젠가는 정치인, 경제인, 예술가 등 직업별로 평균 수명을 계산해둔 표를 본 적이 있다. 그중 내 관심을 끌었던 것은 당연히 예술가였는데, 그다지 오래 살 것 같지 않게 생각되었던 예술가의 수명이 평균치를 약간 웃돌고 있었다. 나는 마치 내가 평균 이상의 나이를 살 것 같다는 착각 속에 내심 기분이 좋았다.

통계란 종교와 유사한 힘이 있다. 하지만 이내 나는 실망을 하고 말았다. 예술가의 수명은 길었지만, 다시 예술가를 쪼개었을 때 여러 가지 직업으로 나누어지는데, 그중 문인의 평균 수명이 평균보다 한참 낮았기 때문이다.

하긴 매일 새벽이 다 되어서야 잠드는데, 어찌 오래 살기를 바라겠는

가. 오늘도 원고를 쓰다보니 새벽 세시가 넘어버렸다. 이 시간쯤이면 헷갈리는 것이 오늘이라는 단어이다. 날짜는 바뀌었지만 왠지 어제가 지속된 느낌이 드는 것이다. 어제와 오늘이 섞여 있는 것 같은 시간. 뜬 눈으로 맞이하는 새벽은 늘 그렇다.

어제와 오늘과 내일은 모두 시간이다. 그런데 나는 어려서부터 내일이라는 단어가 한자어인 것이 신경쓰이곤 하였다. 그러나 나중에 알고 보니 내일이라는 말에 적확하게 대응하지는 않지만 '하제'라는 고어가 있었다. 하지만 '하제'라는 말은 사라지고 '후제'라는 말이 쓰인다. 아마 하제가 한자어의 영향을 받아 '후(後)제'가 되었을 것이다.

어제, 오늘, 내일이라는 말 중 고어의 흔적이 그대로 굳어진 경우가 '어제'라는 단어이다. '제'라는 말은 시간을 가리킨다. '제'라는 말을 사용하여 시간을 표현하는 단어는 많다. 오늘은 '이제', 내일은 '하제', 그리고 과거를 나타내는 표현에 어제, 그제, 그끄제 등이 있다. 물론 지금은 사용되지 않고 있거나, 뜻이 많이 변형된 말들도 있다.

오늘이라는 말은 전라도에서는 '오날'이라고 하였는데, 흔히 오날의 '날'이 반복되어 '오날날'이라고 썼다. '늘'이나 '날'이나 같은 말이다. '늘'은 '눌'에서 왔다. 어제를 나타내는 말로는 '어지께'나 '어저께'라는 말이 주로 쓰였는데, 그것은 '그저께' '그끄저께'와 동일한 조어과정에서 나온 것으로 보인다. 참고로 전라도에서는 그제나 그끄제라는 말보다는 그저께와 그끄저께라는 말들이 많이 사용되었는데, 이 말들은 표준말이다.

그러나 어제를 나타내는 말로 어지께나 어저께라는 말 외에 '어지'
나 '으지'라는 말도 사용되었다. 그리고 그제라는 말 대신에 '아리'라
는 말이 사용되었는데, '아리께'라고 하거나 '으지아리'를 붙여서 사용
하였다. '으지아리'는 표준어 '엊그저께'와 같은 말이다.

원테, 물마장골, 깐치배미, 고리밀뻔덕

─토속어로 된 지명 찾기

사투리를 쓰는 사람이 급격하게 줄어들고 있다. 사투리에 관심이 많다는 나만 하여도 사용하는 대부분의 말은 표준어이다. 시골에 가보아도 사정은 비슷하다. 사투리를 채집한답시고 아무리 말을 걸어보아도 사투리라고 할 단어는 몇 단어 되지 않는 경우가 많다.

물론 칠십 세 이상 어르신들의 경우에는 뜻하지 않은 단어를 사용하기도 하는데, 그런 단어 하나를 들으면 금맥을 찾은 듯한 기분이 든다. 그러나 그러한 말도 가뭄에 콩 나듯이 들을 수 있는 것이고, 대부분의 경우에는 대상을 가리키며 물어보아야 한다. 이때 주의를 해야 할 것은 먼저 표준말을 제시하면서 물었을 경우, 그것에 해당하는 사투리를 듣기는 어렵다는 사실이다. 그냥 대상만 지시한 채, 그것을 무어라고 하는지 물어보아야 한다. 많이 아는 사람은 대개의 식물 이름이나 새 이름까지 알고 있는데, 그분들은 그야말로 사투리의 보고라고 해야 할 것이다.

많은 사투리들이 사장되기는 하였지만 중앙에서 먼 지방일수록 사투리가 많이 남아 있는데, 그것은 이유가 있다. 아무래도 표준어의 변화에 느리게 영향을 받은 탓이다. 그래서 중앙, 곧 서울에서 먼 지방일수록 고어의 흔적이 많이 남아 있다. 그리고 그중 변화가 유독 느린 것이 지명이다.

내가 태어난 마을은 전남 장흥군 장동면 만년2구 만수리라는 곳인데, 한마을이더라도 마을을 가리키는 지명 하나만 있는 것이 아니라, 각 골짜기나 들을 가리키는 지명이 따로 남아 있다. 한 마을이더라도 여러 개의 작은 단위로 분류되어 이름이 붙어 있는데, 거기에는 나름대로의 내력이 있다.

먼저 내 고향 마을의 지명들을 나열해보면 다음과 같다. 골안, 안고랑(혹은 골밖), 오구에, 원테(혹은 구싯골), 비까레, 주막거리 등은 사람이 살았던 곳에 해당하는 지명이고, 물마장골, 서당골, 절터골, 본남골, 조분골, 방애골, 박골 등은 골짜기에 붙은 이름들이다. 그리고 멍쟁이, 깽벤, 들녘, 물방앳슬배미, 수구랑배미, 바우배미, 비까레, 만손뜰 등은 들을 가리키는 지명이며, 멍쟁이보, 깽벤보, 비암실보, 들녘보 등은 보를 가리킴과 동시에 하천의 일부를 지칭하는 말이며, 노푸란질, 천지똥 등은 길의 특정 부분 내지는 일정한 특성을 지닌 지형을 중심으로 한 그 일대를 뜻하는 말이다.

간략하게 위에 열거한 지명들을 해석해보면 다음과 같다.

• 골안 골의 안쪽이라는 뜻이다. 골밖과 상대적인 의미를 지니고 있는데, 마을의 입구에서는 보이지 않는다. 제각이 많고 예전에는 서당과 절이 있었다. 용두봉에서 가까운 곳이다.

• 안고랑 '골밖' 이라고도 불리며, 마을의 중심부이다. 흔히 골밖으로 불리다가 안골 혹은 안고랑이라는 말이 주로 쓰이지 않았을까 싶다. 안과 밖이라는 것은 마을의 중심부냐 아니냐는 뜻을 지니기도 하므로 골밖이라는 말이 불편했을 수도 있다.

• 오구에 골안과 골밖을 잇는 조금 비탈진 곳에 위치한 곳이다. 무슨 이유로 오구에라고 불리게 되었는지, 알려진 바는 없다. 전라도 말에 '어구차다' 라는 말이 있는데, 그 말과 관련이 있는 듯 보이기도 한다. '비탈진 곳 = 어구찬 곳' 이라는 등식이 성립 가능하므로 추론해본 것인데, 정확한 근거가 있는 것은 아니다.

• 원테 '원터' 가 변형된 말이다. 조선시대에 '원' 이 있었던 곳으로 추정되는데, 마을 중앙에서 바라보면 오른쪽에 위치한다. 반면 주막거리는 마을에서 바라보았을 때 왼쪽에 위치하는데, 원터가 없어지고 주막만 그쪽으로 이전되었을 가능성이 높다. 일제에 의해 신작로가 뚫리기 전의 구도로는 원테에서 마을 쪽으로 돌아들어와서 주막거리 쪽으로 빠져나갔는데, 일제가 신작로를 내면서 옛 길의 의미는 상실되었다. 원테는 '구싯골' 이라고도 하는데, 구유의 형국이라서 그렇다고 한다. 말 그대로 구유의 터인지라 가난한 사람이 없다.

• 비까레 마을의 중심에서 조금 떨어진 곳에 위치한 곳이다. 산비탈에 협소하게 붙어 있는데, 예전에는 서너 가구가 살았지만 지금은 사라졌다. 논과 밭을 아울러 넓은 땅을 그렇게 부르는데, 마을 중심에서 보았을 때 동쪽에 있는 커다란 비탈 너머의 땅은 대부분 비까레라고 불렸다.

• 주막거리 주막이 있었던 곳이다. 60, 70년대만 하여도 서너 개의 주막이 있었는데, 지금은 하나도 없다.

• 물마장골 폭포가 있는 곳이다. 옛날에는 여름이 오기 전에 물 맞으러 가는 풍습이 있었는데, 지금은 행하지 않는다. 병을 예방하기 위해 폭포수를 맞는 것이었는데 대개의 마을에는 그런 풍습이 있었고, 그래서 많은 마을에는 물마장골이라는 지명이 있다. 물이 많은 곳이다.

• 서당골 서당이 있었던 곳이다. 지금은 아무 흔적도 없이 숲이 우거진 골짜기이다.

• 절터골 절이 있었던 곳인데, 몇 개의 석축만 남아 있고, 대숲이 우거져 있다. 기왓장은 많이 발견되지만, 다른 유물은 발견되지 않았다. 절터 아래에 꽤 넓은 땅이 버려져 있는데, 여름에는 접근하기 힘들다.

• 본남골 어원이 범나무골인지 버드나무골인지 본나무골인지 알 수가 없다. 범이 나온 골짜기에서 유래했다고 하기도 하고, 버드나무가 많아서 버드나무골에서 유래했다고도 하고, 본래 나무가

많은 곳이라 본나무골이라고 했다고도 하는데, 어느 것도 분명하지 않다. 나무를 하러 많이 다닌 곳이며, 범이 나왔을 만큼 골짜기가 깊다. 이곳에는 독특한 지명이 있는데, '쉼바탕'이라는 것이다. 나무가 없고 잔디가 자라는 제법 넓은 터들이 일정 거리를 유지하고 있는데, '첫번째 쉼바탕' '두번째 쉼바탕' '세번째 쉼바탕' 그렇게 불렀다. 마을 사람은 누구나 알고 있으며, 다른 아이들과 나무를 하러 갈 때면 몇 번째 쉼바탕에서 만나자고 약속을 하곤 하였다. 골이 깊은 탓에 나무 한 짐 해오려면 쉬면서 내려올 수밖에 없었는데, 쉼바탕은 지칠 만할 때면 나타났기 때문에 쉼바탕과 쉼바탕 사이의 길은 인내의 길이었고, 쉼바탕은 일종의 마디 같은 것이었다. 특히 '두번째 쉼바탕'에는 '한대묏뚱' 혹은 '한새묏뚱'이라고 불렀던 버려진 무덤이 있었다. 누구나 쉬면서 담배한 대 피고 가는 무덤이라고 해서 '한대묏뚱'이라고 부른다고도 하고, 황새가 있었던 곳이라고 해서 '한새묏뚱'이라고 부른다고도 한다. 그 두 용어를 함께 사용하였다. 후손이 찾아오지 않는 무덤이었지만, 쉴 자리를 제공해주기 때문에 해마다 벌초가 깔끔히 되어 있었는데, 얼마 전에는 재력을 갖춘 후손이 나타나 무덤을 정비하고 마을 사람들을 후하게 대접하였다고 한다. 버려져 있었지만 해마다 벌초가 깔끔히 되어 있었으니, 어찌 보면 명당이라고 할 수도 있을 것이다.

• **조분골** 좁은골이라는 뜻을 지니고 있다. 인천 이씨들의 선산이다.

• 방애골 물레방아가 있었던 곳이다. 얼마 전까지만 하여도 그 물레방아를 돌렸던 흔적으로 작은 둠벙이 있었는데, 지금은 그곳을 메워 밭을 만들었다.

• 박골 마을의 뒷산은 용두봉인데, 그 용의 젖통에 해당되는 곳이다. 박이 많아서 박골이라 했다고 한다. 풍수가들이 명당의 혈이 있는 곳이라 하여 비싸게 팔린 땅이 더러 있다.

• 멍쟁이 마을에서 먼 곳에 위치한 들이다.

• 깽벤 논과 밭이 강변에 위치한 데서 비롯된 이름이다. 들을 가리키는 말은 깽벤이었는데, 그곳에 물을 대기 위해 만든 보의 이름은 '갱벤보'였다는 것이 재미있다.

• 들녘 마을의 안산인 들녘산 아래의 들을 뜻하는 지명이다.

• 수구랑배미 저수지 바로 아래에 위치한 들인데, 항상 수렁 상태인지라 붙은 이름이다.

• 바우배미 큰 바위가 있는 논을 뜻한다. 흔히 고인돌이 많았던 탓에 고인돌이 있는 논과 밭을 바우배미라고 불렀다. 인력으로는 치울 수 없는 바위를 '천석'이라고 하였는데, 그런 바위가 있었던 곳도 마찬가지다.

• 물방앳슬배미 물방앗간이 있었던 곳이다. 물방앗간 터를 중심으로 한 일대의 들을 뜻한다.

• 비까레 산비탈에 몇 집이 있었는데, 그 집들과 주변의 들을 가리킬 때 사용하였다. 앞에 나온 '비까레'와 같은 뜻으로 쓰이기도

하였다. 사람들을 가리킬 때는 그 동네를 뜻하였고, 논과 밭을 가리킬 때는 그 일대의 들을 뜻했다. 통틀어서 비까레라고 하면 집이건 들이건 그 일대를 뜻하는 말이었다.

• **만손뜰** 마을의 이름이 '만수'인데, 사람들은 흔히 '만손'이라고 불렀다. 지킬 수(守) 자를 손 수(手) 자로 오인한 데서 비롯된 것 같다. 저수지 아래 중심을 이루는 들, 수구랑배미 아래에 있었다.

• **멍쟁이보** '멍쟁이' 들을 위한 보이다.

• **갱벤보** '깽벤' 들을 위한 보이다. 보를 말할 때는 경음화가 일어나지 않았다.

• **비암실보** '들녘' 들을 적시는 보이지만, '멍쟁이' 들까지 그 물이 흘러가기도 하였다. 뱀이 많아서 그렇게 불렀다.

• **들녘보** 마을에서는 가장 위쪽에 있는 보이다. 물이 맑고 깊어서 뗏목을 만들어 타기도 하였다. 자라가 많았던 곳이다. '들녘' 들을 적신다.

• **노푸란질** 멍쟁이보 옆의 언덕길을 뜻한다. '노푸란질'은 경사가 지되 한눈에 오르막과 내리막이 보이는 낮은 고개라는 해석이 적당할 것이다. 그런 곳을 '높장하다'고 하였는데, 그런 높장한 길이 노푸란질이다.

• **천지똥** 골안으로 가는 길에 있는 낭떠러지, 혹은 그 낭떠러지 일대를 뜻한다. 하늘과 땅이 동시에 있는 곳이라고 해서 '천지동(天地同)' 즉 '천지똥'이라고 한 것 같다.

여기까지가 우리 마을에 있는 지명들을 나름대로 해석한 것이다.

지명과 더불어 관심을 가져야 할 것은 택호이다. 택호라는 것은 마을의 이름에서 따오기도 하지만, 그 지방의 어투에 따라 변형되기도 하고, 한자어 지명이 토속어로 바뀌기도 한다. 아무래도 한자어를 잘 모르는 사람들도 쉽게 쓸 수 있게 바뀌는 경향이 있는 것 같다.

내가 태어난 마을의 이름은 '만수'이지만, 이 마을에서 다른 마을로 시집을 간 사람들의 택호에는 '만수떡'이 없다. 흔히 '마산떡' '만손떡'이라는 택호를 사용하는데, 왜 이렇게 변형되었는지 이유를 알기는 어렵다. 하지만 '만수'나 '마산'이나 '만손'이나 뜻하는 곳이 다르지는 않다.

날멀떡, 구틈떡, 내구떡, 오산떡, 신월떡, 동춘떡, 할멀떡, 새실떡, 홍두꿀떡 등은 보성에 있는 한 마을 사람들의 택호이다. 아마 '날멀떡'의 '날멀'은 '비동'이라는 마을에서 유래되었을 것이고, '새실떡'이라는 분의 고향 마을에는 가마터가 있었을 것이다. '시'나 '실'로 끝나는 지명은 가마터가 있었다는 것을 증명한다. '홍두꿀떡'이라는 명칭은 '꿀'이라는 말 때문에 되새겨볼 만하나, '홍두골'이나 '홍두굴'에서 비롯되었을 것이다.

보성의 한 마을에 있는 사람들의 택호를 알게 된 것은 그 마을에 살았던 사람의 글을 통해서였는데, 자기 마을의 지명이나 택호 같은 것을 기록하는 것은 우리말의 어원을 찾는 데 도움을 줄 뿐만 아니라, 말에 얽힌 내력을 푸는 데도 중요한 자료가 된다. 사소하다고 기록하지 않으면 후세 사람들이 근거를 들 만한 자료는 하나도 남지 않게 된다.

마을 사람들의 택호를 글로 올렸던 이분은 자기 마을의 지명들도 덩달아 소개를 하였는데, 내용은 다음과 같다.

'깐치쟁이, 방선쟁이, 잠매, 개매뚱, 안골, 구대박골, 열두네, 점뱅이, 점뚱, 목넹기, 건뜰' 등이다. 지명을 뜻하는 말들인데, 다양한 접미사가 흥미롭다. '쟁이' '매' '매뚱' '골' '네' '뱅이' '뚱' '넹기' '뜰' 등이 그것이다.

'쟁이'는 '배미'와 유사한 말인데, 일정한 크기의 들을 뜻한다. 나는 이분의 마을에 가보지는 않았지만, 어느 정도 해석이 가능한데, '깐치쟁이'는 까치들이 많았던 들을 뜻하는 말일 것이다. 그러므로 마을에서는 좀 떨어진 곳에 위치할 가능성이 높다. '매' 혹은 '묏뚱' 등은 묘를 가리키는 말이다. 하지만 지명만 가지고 그 지명이 주는 의미를 해석하기에는 많은 어려움이 있다. 위에서 나온 '잠매'의 경우가 그것인데, 잠매는 누에를 치는 잠실이 있는 산자락을 뜻할 수도 있고, '잔뫼(작은 봉우리들)'에서 왔거나 '잔묘(작은 무덤이 많은 곳)'에서 온 말일 수도 있다.

그러나 해석의 여지 없이 분명한 것도 있다. '개매뚱'이 그것인데, 아마 이름 없는 작은 무덤이 있는 일대를 가리키는 말일 것이다. '골'이야 골짜기를 뜻하므로 어느 정도 이해가 쉬운 지명이고, '네'라는 말은 곳을 뜻한다. 흔히 '-에' 식으로 쓰이기도 한다. 점뱅이의 '뱅이'는 '배미'나 '쟁이'와 다르지 않은 뜻을 가지고 있으므로 어느 들을 지칭하는 말일 것이고, '뚱'은 등, 등성이가 변형된 말이므로 이해가 어렵지 않을 것이다. '뜰'은 그대로 뜰이므로 누구나 알 수 있을 것이다.

하지만 쉽게 해석이 되지 않는 것은 '목넹기'이다. 나름대로 분석을 해본다면, '넹기'라는 말은 '너머'의 뜻을 지닌 것 같다. 전라도 말에 '넘기다'의 뜻을 지닌 '넹기다'라는 말이 있다. 그리고 '목'이라는 말은 '고개'라는 뜻이 있으므로 '고개 너머'로 해석할 수도 있고, 달리 보면 넹기다를 '남기다'로 해석하여 '몫을 남기'는 곳으로 풀어볼 수도 있다. 더 정확한 해석은 그 지역에 가서 이야기를 들어보고 지형을 본 후에 해야 할 것이다.

광양의 어느 분이 올린 자기 마을의 지명도 재미있다.

'고리밑고개, 고르메, 고리밑뻔덕, 쇠죽골, 북멧골, 대밭골, 옻남골, 불랑골, 얼헝골, 못안골, 소탯거리, 패래보' 등이 그것인데, 여기에서 얼헝골은 어름골이고, 대밭골은 대밭이 있었던 곳을 뜻할 것이다.

흥미로운 것은 '고리밑고개'와 '고르메', 그리고 '고리밑뻔덕'인데, 이것들은 모두 '고르메'에서 파생된 말들이다. 고르메는 '고르묘'인데, 고려의 옛말이 '고리'였으므로 해석이 가능하다. 즉 고르메는 '고려묘'를 뜻하는 말이다. 그 마을에는 고려의 묘가 있었다는 뜻이므로 그분에게 혹시 고려장터가 없었느냐고 물었더니, 있었다고 한다. 그 고려장터가 있는 곳의 지명이 고르메이므로, '고리밑고개'는 고려장터 아래의 고개일 것이고, '고리밑뻔덕'은 고려장터 아래의 언덕배기를 뜻하는 말일 것이다.

이왕 길어진 이야기, 전북의 예를 하나 더 들어보자.

전북 정읍시 산내면 예덕리라는 곳에 가면 상례마을이 있다. 박성우 시인의 고향이다. 그런데 이 상례마을의 옛 지명은 '윗보리밭'이었고, 그 마을 아래쪽에 있는 하례마을은 '아랫보리밭'으로 불렸다고 한다. 대개의 마을 지명이라는 것은 토속어로 불리던 이름이 한자어로 바뀌고, 일제강점기가 시작되면서 그들에 의해 한자어마저 다른 말로 바뀌면서 본래의 뜻을 상실하게 되었다. 이 마을의 경우도 그런 예에 속한다고 보아야 할 것이다. 윗보리밭을 한자어로 바꾸면 '상맥(上麥)' 정도가 될 것이다. 하지만 한자어로 표기하면서 상맥이라는 발음이 어색할 뿐더러 의미가 단조롭기 때문에 뒤져올 치(夊)를 빼고, '올 래(來)'자만 취했을 가능성이 높다. 그래서 상래(上來)였던 것을, 일제강점기가 시작되면서 '올 래(來)'를 '예도 례(禮)'로 바꾸었을 가능성이 크다. 좀 더 정확한 것은 자료를 뒤져본 후에 가능한 것이겠지만, 다른 마을에도 그런 예는 충분히 있다.

본래의 지명을 잃어버리는 것이 무어 대수냐고 묻는 사람이 있을지도 모르지만, 불순한 의도로 지명을 바꾼 것은 수천 년간 내려온 우리의 정서에 쇠말뚝을 박은 행위와 같다. 그래서 잊혀져가는 말을 찾는 것, 잃어버린 지명을 찾는 것은 민족혼을 찾는 일과 의미가 닿아 있다.

윗보리밭에는 또 여러 가지의 지명이 있는데, '언다꺼티, 아래꺼티, 우꺼티, 치매밭골, 재까티, 가재실, 정골, 피아골, 반애미, 능긴네, 중산골, 새나틀(털), 매약수재, 능다리재, 사근다골' 등이다. 남도의 지명들에 비해 두드러진 것은 '꺼티'나 '까티'라는 명사인데, 이것도 마찬가지로 곳이나 곁을 뜻하는 말이다. 그러므로 '아래꺼티'는 아랫곁이나 아래쪽의 땅을 뜻하고 '우꺼티'는 윗곁이나 위쪽의 땅을 뜻한다. 그리고 '언다꺼티'는 언덕곁이나 언덕쪽, 혹은 응달곁으로 보이는데, 한마을에서 응달이 가장 잘 지는 곳이라고 한다.

가만히 지명을 늘어두고 상상하는 재미가 어지간하지 않다. 하지만 지명 해석에는 현지인의 도움이 꼭 필요하다. 다음은 '이랑'이라는 닉네임을 쓰는 분이 자기 고향 마을의 지명에 대해 쓴 글이다. 편의상 행의 배열만 약간 달리했음을 밝힌다.

제 고향은 보성 율포입니다. 인근 마을 사람들은 '율포'라는 행정명보다 밤 율(栗), 개 포(浦)의 뜻을 따서 '밤개'라 불렀지요. 가끔은 우리들을 짐짓 '밤갯것들'이라고 비하해서 부르기도 하구요(갯가에 산다고).

꼴 따라 지어진, 그래서 더 다정하게 불리었던 마을. 너무도 정겨운 이름입니다.

그러나 지금은 기억하는 이 거의 없고, 간혹 나이 든 어르신의 택호에나 붙어 있으니, 애석하기 짝이 없군요. 이런저런 생각을 하다가, 오래 전 고향 마을 옛 이름들을 적어본 기억이 있어, 제 고향 이름 몇 개를 소개하지요.

• 갯몰 율포에 있는 마을 이름.

• 복갯들 율포리와 동율리에 걸쳐 있는 들로 복개 형국이다.

• 불등 율포 서쪽 들(모래벌판) 옆에 있는 마을.

• 샛터 교회 옆 마을.

• 서그테 면사무소에서 선창 쪽으로 서쪽에 있는 마을.

• 동그테 면사무소에서 삼거리 쪽으로 동쪽에 있는 마을.

• 장구배미 갓골 북쪽에 있는 논. 장구처럼 가운데가 잘록하게 생겼다.

• 하마정 명교 동쪽에 있는 골짜기.

• 독끝 소바위 북쪽에 있는 골짜기. 동백나무가 많다.

• 소바우 동율 동남쪽 바닷가 마을.

• 소바우개 소바우 앞에 있는 개.

• 쌍가매 우암 서쪽에 있는 들. 소금 굽는 가마 둘이 나란히 있었다.

• 외가매 쌍가매 동쪽에 있는 들. 소금 굽는 가마 하나가 외따로 있었다.

• 처녀바우 소바우 앞, 바다에 있는 바위. 밀물 때 물속에 잠긴다.

• 목골 동촌 동북쪽 고개 밑에 있는 마을.

• 밭골 상율 바깥쪽에 있는 골짜기.

• 세골내기 상율 북쪽에 세 갈래로 된 골짜기.

• 진등 상율 동쪽에 있는 긴 등성이.

• 감장골 군지 서북쪽에 있는 골짜기.

• 강변 군지 동쪽 바닷가에 있는 마을.

• 군지사터 잠두에 있는 터, 옛 군자사의 자리.

• 누에머리 군짓개 서쪽에 있는 산. 누에가 머리를 쳐든 형국이다.

• 뱀고랑 군지 동북쪽에 있는 골짜기. 뱀이 기어가는 것처럼 길고
꾸불꾸불한 형국이다.

• 큰골 화동 북쪽 큰 골짜기에 있는 돌.

• 화동제 화동 앞에 있는 못.

• 사뚜정이 분매와 당산 경계에 있는 등성이.

• 장개골착 분매 앞에 있는 돌.

• 큰골 당산과 분매 사이에 있는 큰 골짜기.

• 하건방 분매와 화동 사이에 있는 등성이. 판잣집이 있었다.

• 대통정이 독트미 동쪽에 있는 등성이.

• 독트미 당산 동쪽에 있는 마을. 큰 돌더미가 있다.

• 지와목(와리) 지와막등 밑에 있는 마을.

여기까지가 그분의 글이다. 그분이 해석을 달아둔 것을 보면서 자기
마을의 지명이 지닌 뜻을 나름대로 가늠해볼 수도 있을 것이다. 언어는
쉽게 바뀌지 않지만, 특히 지명이라는 것은 땅과 돌 위에 새긴 말이라서
그것을 소멸시킬 수는 없는 법이다.

땅에 묻은들 그 말들이 잊혀질까, 물에 수장을 시킨들 그 지명이 사라

질까. 아래의 지명들은 탐진댐 건설로 인해 사라질 곳들이다. 설령 물을 채우기 위해 사람들을 떠나보낸들, 지명이야 갈 곳이 어디 있겠는가.

  송낙봉, 단산뜰, 보리모탱이, 둔지, 큰몰, 복거리, 우대미, 덕촌, 오복리, 아룡바우, 장군바우, 웃밥골, 작시동, 사미동, 사인암, 사랑골, 초성골, 신월리, 베틀바우, 달바우, 무지개골, 안검단, 밖검단, 단산리, 시루봉, 두리봉, 댓재, 옥녀봉, 가마봉, 새몰, 물통골, 농막골, 농바우, 금사리, 월천리, 속곳바우, 옥녀단, 보골, 강성서원, 용두, 용밧등, 큰서당골, 늑룡리, 갈머리, 가래골, 용문, 용소, 용등, 뗏뜰, 갈두, 공수평, 대청배미, 옥배미, 일구버리, 당산, 당산쟁이, 책상바우, 말배미, 바우배미, 노루목, 각시소, 진사등, 한림봉, 옹골, 송대막, 주암리, 돛대봉, 배바우, 선창뜰, 지천리, 감가고리, 초천개비, 돌정지, 널빤지, 하루저기……

문학동네 산문집
이름만 이쁘먼 머한다요
ⓒ 이대흠 2007

초판인쇄 │ 2007년 8월 27일
초판발행 │ 2007년 9월 3일

지 은 이 │ 이대흠
펴 낸 이 │ 강병선
책임편집 │ 조연주 고경화
펴 낸 곳 │ (주)문학동네
출판등록 │ 1993년 10월 22일 제406-2003-000045호

주   소 │ 413-756 경기도 파주시 교하읍 문발리 파주출판도시 513-8
전자우편 │ editor@munhak.com
전화번호 │ 031) 955-8888
팩   스 │ 031) 955-8855

ISBN 978-89-546-0384-3 03810

www.munhak.com